晚安故事摩天輪 2
108個夢想故事

文 桑德拉·格林　圖 安娜·馬莎　譯 林珍良

目錄

爸爸大怪獸

費尼獨自一個人在院子裡玩耍，他攀著網子，爬上了一艘小船。

「爸爸！」費尼大聲叫：「你也來玩嘛！」爸爸正在廚房裡忙，他對著院子大聲的說：「好啦，乖兒子，等我削完馬鈴薯，馬上就來！」

費尼嘆了口氣，心想：「爸爸從來就沒時間陪我……」

「爸爸，你快來！有一隻好大的怪龍！牠正在攻擊我的船！」

但是，爸爸的回答還是一樣：「好好好，馬上就來了！我再把肉汁攪一攪喔！」

這次，費尼蒐集了一堆球，這些球剛好可以當作大炮的炮彈。

「嘿，爸爸，你就要錯過一場好戲嘍！」

這回爸爸連一句話都沒有說。

「他一定在削蘿蔔皮、剝柳丁，或是在做其他事。」費尼盯著廚房的窗戶，透過窗簾，他看到爸爸站在爐子前。費尼只能再嘆一口氣。突然間，小船搖晃得非常厲害，遠處還傳來凶猛的吼叫聲，一個奇怪的綠色東西，往費尼身上撲了過來。「是誰？」費尼又驚又慌的問。

「吼——我是大海龍，我要把這艘船翻掉！」

費尼高興的大叫：「是爸爸！」爸爸的頭從綠色的毯子裡鑽了出來。

費尼好奇的問：「如果你是大海龍，那麼在廚房忙的是誰？」

「是爺爺啊！」爸爸笑著說：「我請爺爺過來吃飯，他說可以幫我個忙，這樣我就可以和你玩一下下了。」費尼真的好高興喔！

「大海龍現在就要把船給弄沉嘍！」爸爸威脅著說。

費尼一邊尖叫，一邊用炮彈轟炸大海龍。

沒有別的事比和爸爸一起玩更有意思了！

你也趕走過可怕的爸爸大怪獸嗎？想像一下，你的小床就是船，絨毛玩具就是炮彈。

攻擊！

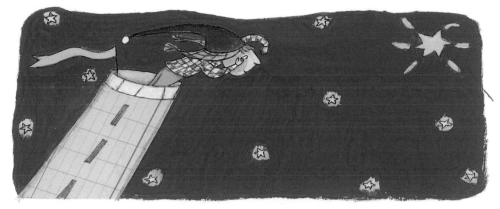

做得好，羅羅小妖精！

今天，輪到小妖精羅羅當堡塔的守衛。

羅羅最喜歡這個工作了，因為當守衛的小妖精，可以　整個晚上，都看著天上的星星。

當然嘍，她還是要注意有沒有人接近妖精村。

不過，森林哪會發生什麼事呢？所以，羅羅還是直盯著天上的星星看。

今天晚上，有一顆星星比平常還要亮。

羅羅皺著眉頭想：「小星星平常都是安安靜靜，掛在高高的夜空呀！今天到底是怎麼了，變得這麼亮？」

突然間，星星的光芒亮到讓羅羅睜不開眼睛。她瞇著眼，透過妖精手指間的小縫縫，看到星光照在灌木叢上，仔細瞧瞧，有個東西在動！

「妖精花園裡有一隻野兔！」羅羅大叫，發出警報。

於是，整個村子立刻變得燈火通明，所有的小妖精都動員起來，一邊大聲吼叫，一邊衝向偷胡蘿蔔的小賊。

那隻可憐的野兔嚇得落荒而逃，還差一點把自己給絆倒呢！

妖精村裡的小妖精，開心的歡呼：「做得好，羅羅！」「那傢伙一定不敢再來了！」羅羅聽了覺得好高興。

當村子又再度安靜下來時，羅羅用她的妖精小手，送給她最喜歡的那顆星星一個飛吻，小聲的說：「你真棒！謝謝你！」

你也想要送飛吻嗎？是要送給媽媽，還是送給爸爸？或是送給你最喜歡的小星星呢？

在月光下潛水尋寶

安娜可無聊的望著窗外。

下雨！下雨！下雨！已經下了一整天的雨了！本來今天要去海邊玩的！

「洗澡嘍，我的寶貝！」爸爸叫她。安娜可嘆了口氣，心想：「還需要洗澡嗎？直接走到雨中不就好了！」想歸想，安娜可還是拖著腳步，往浴室走去。

可是浴室裡黑漆漆的，只有一盞小燈亮著。

「爸爸，這是怎麼回事？」安娜可問。

「浴缸就是大海。」爸爸遞給她蛙鏡：「今天晚上，你可以在月光下潛水尋寶喔！」

安娜可開心的笑了！她很快就換好泳裝，戴上蛙鏡——現在可以開始嘍！

「真的很暗耶！」安娜可只能用手在水中摸索。「是一個錢幣！」她在水中咕嚕咕嚕的說，還把錢幣高高舉起。

「加油，安娜可，再找找看還有什麼？」爸爸為她拍拍手。接著，她又找到塑膠做的小動物、貝殼，和一隻芭比娃娃的鞋子。

當安娜可浮出水面時，有一隻綠色的龍站在浴缸前面。其實，那是爸爸扮的，他用綠色的浴巾罩住了身體。

「我是可怕的大海龍，我要保護大海的寶藏！」爸爸低聲吼著。

安娜可笑了，她給爸爸搔搔癢，要他交出寶藏——那是一個小盒子，裡面放了果汁和餅乾。

安娜可和爸爸一下子就把果汁和餅乾吃光光了！她高興的說：「我們在海邊度過很棒的一天！」還在爸爸的海龍鼻子上，大大的親了一下。

你也可以在浴缸裡玩潛水尋寶喔！只要準備會沉到水裡的玩具，就可以開始玩了！不過，爸爸、媽媽也要在旁邊才安全喔！

飛兔英雄賈斯伯

「快跑啊，賈斯伯！」保羅大聲的為他的兔子賈斯伯加油，但是，賈斯伯卻動都不動……

「唉！」保羅只能嘆氣。

在這場賽跑中，其他兔子都已經衝過終點線了，除了賈斯伯。保羅無奈的摸摸賈斯伯額頭上那個像星星形狀的白色斑點。

朱利安走過來說：「你的兔子太沒用了！」可是保羅假裝沒聽到，還在賈斯伯的耳邊輕聲說：「不要管他，你最棒了！」說完，保羅把賈斯伯放回籬笆後面，讓牠和其他兔子同伴在一起。

比賽結束後，兔子有蒲公英可以吃，孩子們則得到小餅乾當獎勵。

可是，少了一個人！朱利安呢？

「看，他在那兒！」保羅說。

朱利安站在攀爬架的頂端，身體的一半已經越過了欄杆，大家看到全都嚇傻了。原來，是朱利安的兔子爬太高，被困在攀爬架前的一塊小板子上，但他卻怎麼也搆不著兔子。

保羅轉身一看，發現賈斯伯飛快的爬上架子！「不要！」他大叫，但是賈斯伯還是一直往上爬，而且嘴巴還叼著一片蒲公英的葉子。

賈斯伯爬到朱利安的兔子旁邊，用葉子吸引牠，然後一點一點的往後退，朱利安的小兔子，也一步一步跟著賈斯伯走。

保羅和朱利安都呆住了！他們一起在攀爬架下，等這兩隻兔子下來。

「你的兔子很不錯喔！」朱利安微笑的說。

「簡直就是一隻飛兔英雄！」保羅驕傲的說。在他心裡，或許賈斯伯不是跑最快的那隻兔子，但肯定是最聰明的！

用黏土做兩隻兔子，然後在地上畫出二十個格子，再拿起骰子，就可以玩遊戲了。看看你們的兔子誰跑得快！

超級小聲的吵架

吃早餐的時候，尼爾、提姆和朱莉在餐桌上爭吵。

「今天我要用海盜盤子！」朱莉一邊大聲說，一邊把海盜圖案的綠色早餐盤搶走。

「不行，今天輪到我用海盜盤子，你拿皇冠的！」提姆說著說著，便把皇冠圖案的盤子丟在朱莉面前。

「再吵的話，你們就會有大災難！」媽媽輕聲的說。

提姆、尼爾和朱莉立刻安靜下來，因為只要媽媽開始小聲的說話，接下來一定是非常大聲的罵人。

「那我要小矮人的。」提姆輕聲的說。

「那是小妖精，呆瓜！」朱莉壓低聲音回了一句。

這下子可把媽媽逗樂了，她笑著說：「你們真的很厲害耶，可以用那麼小的聲音拌嘴！」

「哈哈哈哈！」小孩子們也忍不住笑了。

「有沒有什麼辦法可以讓你們不要再吵架呢？」媽媽問他們。

「嗯……我覺得，我們每一個人都需要屬於自己的盤子。」尼爾提出建議。

「對，而且我們每個人都可以自己選盤子上的圖案。」朱莉也贊成。

「爺爺有一根可以在木板上畫圖的棒子。我們可以請爺爺幫我們做新的早餐盤呀！」提姆想到一個很棒的點子，媽媽聽了，也很佩服的說：「你們真的很會動腦筋！」

下午，媽媽到手工藝店買了三塊木板當作餐盤，然後再拿去爺爺家，請爺爺在盤子上畫圖。

當然，爺爺也很高興可以幫孩子們在盤子上畫圖。

到了晚餐時間，每個孩子都有了自己專屬的盤子：尼爾的是騎士，朱莉的是海盜，提姆的盤子上有隻恐龍。

現在，媽媽再也不用「小聲的說話」，反而還笑著說：「我們家的孩子真乖！」

你也有一個有圖案的早餐盤嗎？是什麼圖案的呢？

小莉娜的大點子

姐姐安娜和妹妹莉娜在做勞作。

安娜用色紙摺了好幾艘小船,她說:「我要再摺 艘船,然後把它們都放在窗臺上。」

莉娜也摺了一些東西,她說:「安娜,你看我摺了些什麼?」安娜看了看妹妹摺出來的東西,皺著眉頭,因為它們看起來不像船,也不知道像什麼。

突然,安娜叫著:「莉娜,你摺的是兔子!你看,這是牠的耳朵,這是腳。我知道了,就是兔子!」莉娜用力的點點頭說:「就是啊!你可以幫我畫上眼睛和鼻子嗎?」安娜當然會幫她嘍!

安娜仔細看了看莉娜摺的兔子,然後幫她摺了更多的兔子。過了一會兒,她們已經有一整排的船,加上一整排的兔子。

安娜正要把她的船放在窗臺上時,發現窗臺上已經擺滿其他勞作作品了。

「這樣別人根本看不到我做的船。」安娜難過的說。

這時候,莉娜把她的兔子一隻隻堆疊起來,變成一座塔。「一座兔子塔!」她很驕傲的說。這讓安娜眼睛一亮。

「等一等,安娜,我還有一個更好的辦法!」莉娜請媽媽幫她們把那些摺好的船和兔子,用繩子串起來,再用膠帶把它們黏在窗戶上。

紙船和紙兔子串成的裝飾繩垂掛在半空中,漂漂亮亮的盪來盪去。

「現在大家都可以看到它們了!」莉娜高興的說。

安娜開心的抱著她的妹妹說:「你的主意真棒,小莉娜!」

你會不會也想做這種裝飾繩呢?你想串上小船、帽子,還是其他的小東西呢?

煙囪清潔夫會帶來好運氣！

　　約翰正在做功課，他對媽媽說：「老師要我們收集諺語，像是在彩虹的尾端，我們會找到裝滿金子的寶箱。」

　　媽媽想到了一句諺語：「數字十三會帶來不幸。」約翰聽了搖搖頭說：「這不是諺語，這是迷信啦！」

　　媽媽只好努力的想其他諺語，像是：「很多人相信，流星會實現人的願望；在中國，人們相信龍會帶來好運。」於是，約翰把所有諺語都寫在筆記本上。

　　這時候，約翰的爸爸出現了。

　　「唉唷！」爸爸自言自語的說：「我剛剛從一個梯子下面鑽過去，通常這代表不吉利，希望不會發生什麼不好的事情。」

　　約翰聽了輕聲的笑：「爸爸，你相信這種事嗎？」爸爸不好意思的笑了笑，說：「這很難講啊？你相信嗎？」

　　結果，爸爸把靴子脫下來時，因為沒站穩，撞到窗臺上的花盆，花盆就摔碎了。「你看看，果然發生不好的事了。」爸爸、媽媽異口同聲的說。

　　這時，有人按門鈴。約翰打開門一看，原來是提奧叔叔。提奧叔叔剛剛才下班，他是一名煙囪清潔夫，所以穿著一身黑衣裳。

　　「嘿，煙囪清潔夫會帶來好運氣喔！」約翰告訴爸爸。爸爸聽了點點頭，總算鬆了一口氣。

　　接著，爸爸和提奧叔叔握手，可是不小心撞到媽媽，讓咖啡壺掉到了地上。

　　爸爸懊惱的說：「真是倒楣。」

　　「我想，你還是要多多練習怎麼給別人帶來好運氣。」約翰對提奧叔叔這麼說，然後趕緊把他的筆記本收起來，以免發生更多倒楣的事。

　　你聽過什麼東西會帶來好運氣或壞運氣嗎？

亞里歐的新家

　　賈斯柏是一個小妖精，他的家在城市裡的一棟屋頂上，對他來說，那就像是一座城堡，而屋頂上的漂亮煙囪，就像城堡的高塔一樣。對一個屋頂小妖精來說，煙囪冒出來的煙並不會打擾到他；相反的，他覺得煙囪很溫暖，也很喜歡煙的味道。

　　賈斯柏正想爬到煙囪裡休息時，有一個東西突然飛了過來，是一個很大的東西。小妖精激動的揮手說：「你飛到旁邊去，走開，我警告你！」

　　但是，那個大東西好像飛不動了。牠降落在賈斯柏的屋頂上，發出巨響。

　　「哇，是一隻龍耶！」賈斯柏驚訝的說。

　　龍回答他：「我叫亞里歐，是一隻食紙龍。」

　　賈斯柏聽了，嚴肅的看著牠：「你可不能留在這裡！」

　　「為什麼不行呢？」龍問賈斯柏，然後乖乖趴在屋頂上。

　　可是，龍卻不小心把兩塊屋瓦踢掉了。

　　「這就是原因啊！」賈斯柏說。

　　龍很難過的從口中噴出一道煙，賈斯柏聞了聞，說：「嗯，這道煙聞起來好香喔！」因為這道煙，賈斯柏考慮了一下，他說：「你可以留在我附近，也許，我們會成為朋友。」龍聽了，興奮的點點頭。

　　賈斯柏指著丟紙屑的垃圾桶說：「下面有一個箱子，剛好可以讓你住進去，而且，裡面有很多紙喔！」

　　龍開心極了！

　　不久之後，他們真的成為好朋友嘍！

　　如果下次你把紙屑丟到垃圾桶時，看到有煙冒出來，不要覺得奇怪喔！

奈莉終於變成女海盜

奈莉很興奮，因為爸爸和媽媽答應她，如果她戒掉吸奶嘴的習慣，會給她一個驚喜。不過，奈莉覺得很難⋯⋯。雖然她已經四歲，是一個大女生了，可是晚上睡覺的時候，她還是很喜歡吸奶嘴；而且，她的奶嘴很特別，是一個看起來很厲害的海盜奶嘴，不只是黑色的，上面還有一把刀。

奈莉最喜歡海盜了！

昨天，奈莉把奶嘴放在桌上，然後告訴媽媽：「我把奶嘴放在這裡。如果我喜歡你們送的驚喜禮物，你們才可以把奶嘴拿走。而且，禮物要和海盜有關係喔！」媽媽聽了，認真的點點頭。

而現在，爸爸正在開車，他和媽媽要帶奈莉出去玩，還要在外面過夜。

他們一路聽著歌，終於來到目的地。一下車，奈莉就高興的大喊：「是大海耶！」爸爸抱起奈莉，把她放在肩膀上，走到離海岸很近的大燈塔。

奈莉問：「爸爸，我們可以參觀一下燈塔嗎？我想要爬得很高很高！」

爸爸笑著說：「沒問題！」

可是，燈塔裡的一切，和奈莉想得完全不一樣。裡面布置得很漂亮，地上鋪著地毯，還有一位很親切的人，幫他們把皮箱抬到樓上去。

奈莉小聲的問媽媽：「為什麼要把我們的皮箱放在樓上呢？我們不是要帶皮箱去旅館嗎？」可是媽媽什麼都沒說，只是微笑著。

「唉呀，到最上面還要爬很多層樓梯喔！」那位搬行李的人笑著對奈莉說：「你現在可以休息了，這裡是你的房間。」奈莉看著他說：「我的房間？」

那個人打開一扇門，說：「對啊，你過來看看！」

奈莉的嘴張得好大，驚訝的說：「這是船艙耶！」

奈莉知道所有和海盜有關的事，她知道船上的房間叫船艙，而這間房間真的是一間船艙！它的牆壁是木頭的，窗戶是圓形的，還用大酒桶當桌子，掛在牆上的繩子可以掛衣服。最漂亮的是那張大床，那是用幾條粗纜繩吊起，掛在天花板上，還會搖來搖去，就像搖椅一樣。

「這真的是海盜的房間耶！」奈莉很高興的說，爸爸、媽媽也點點頭，他們就住在隔壁的船長室，房間有一個大方向舵，一張藍白相間的大床，床頭有一頂金色的皇冠，牆上還掛著一個救生圈。

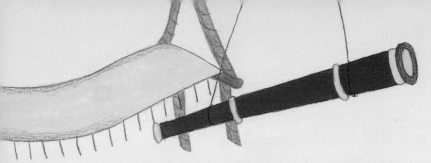

「再過一個小時，就有海盜晚餐了。」那個人說完後就走下樓梯。

「什麼是海盜晚餐呢？」奈莉很好奇的問。

「就是有墨魚圈、醃鯡魚捲，還有生蠔的『海盜晚餐』。」媽媽告訴她。

「噁！」奈莉忍不住慘叫。

爸爸笑著說：「別擔心，小海盜有炸魚排和薯條。」嗯，這聽起來好多了。

「吃完晚餐之後，我們還可以去海邊夜遊喔！」媽媽說。

「太好了！」奈莉高興的歡呼，「這真的是好棒的驚喜！媽媽，你可以把奶嘴拿走了。從今天開始，我就是一個真的海盜了！」

你也可以把你的房間改裝成船艙喔！首先，掛一面手繪的海盜旗子，然後，在床邊綁一條繩子，並用厚紙板剪出一個方向舵，最後，再用厚紙捲成一個望遠鏡。

你還有想到別的東西嗎？

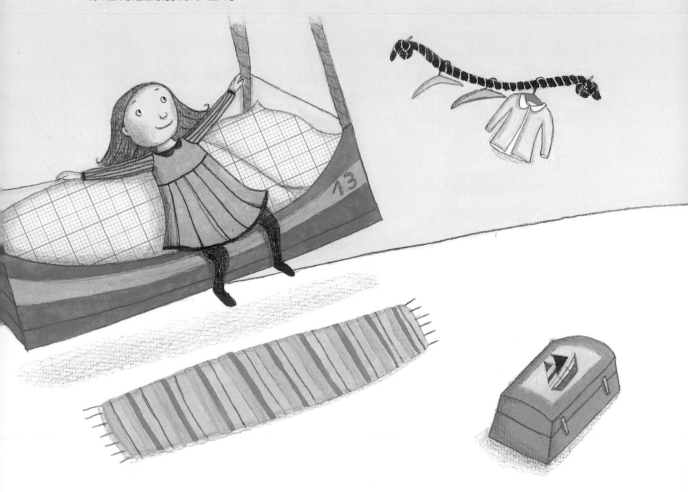

歐力小鬼當家

　　歐力是個聰明的小男生，他什麼都想試試看，他總是說：「我最喜歡做實驗了！」

　　可是，很不幸的，上一個實驗他把廚房弄得亂七八糟，所以，現在爸爸不准他再做任何實驗了。

　　週末時，爸爸出門去買東西，他要歐力乖乖待在家裡玩。

　　歐力也想盡量乖乖的玩……

　　他在洗臉槽裡裝滿了水，再把玩具小兔放在一艘船上；接著，他的手在洗臉槽裡翻攪，製造出大風大浪，水噴得到處都是。

　　然後，歐力把洗臉槽的塞子拔起來，小船於是在洗臉槽中，隨著水流漩渦不停的旋轉。

　　這實在是太有趣了！

　　突然間，咻的一聲，小兔子跟著漩渦流進水管裡了！

　　「喔，不！我的小兔子！」歐力大叫。

　　他看了看洗臉槽下面，心想：「或許，小兔子還卡在水管裡。」不過，光想是沒有用的，歐力一定得找到扳手，把水管拆下來，才能拿出小兔子。

　　「用力啊，用力！」歐力用盡所有的力氣想拆掉水管。

　　最後，水管終於拆掉了，兔子也掉出來了——但是，髒水和一大堆卡在水管裡的髒東西，也跟著流了出來……

　　歐力拉長耳朵仔細聽：「太好了，爸爸還沒有回來。」他趕快衝去拿了抹布和水桶，把浴室擦乾淨，然後，再把水管接回去——這真的不是一個簡單的工作，但是，歐力還是做到了。

　　正當他把所有東西放回原位的時候，爸爸回來了。

　　「哈囉，我的寶貝。」爸爸說：「一切都還好嗎？」歐力笑著回答：「很好啊，我只有和我的小兔子在玩。」

　　歐力真的沒有說謊。

　　你也想知道洗臉槽下面的水管長什麼樣子嗎？你可以去看一看，可是，千萬不要忘記，要讓爸爸、媽媽幫你喔！

給青蛙親一個

　　大樹上住了許多小妖精，但是因為樹旁小河的水漫出來了，使得大樹周圍全部都是水。小妖精們對此感到非常緊張。

　　妖精媽媽羅莎也不停發牢騷，因為這場大水，讓她的三個妖精小寶貝不見了。

　　「唉！」羅莎說：「我們現在好像住在海裡，周圍只有水、天空，還有……還有……一隻大水怪！」

　　羅莎大叫──一隻綠色的東西朝她游過來，背上還長了三個紅色的魚鰭。

　　「是一隻龍！」負責守衛的彼特大叫。

　　所有的小妖精都爬上瞭望臺，那是一間放在樹頂的鳥屋。

　　「用果實攻擊！」彼特發出命令。

　　羅莎也拿起一顆棒果，從瞭望臺往下丟。可惜，她並沒有打中。

　　眼看著龍游得越來越靠近大樹，但是羅莎卻突然停了下來。

　　「停火！」她大叫：「這不是一隻龍！他是……青蛙！」

　　小妖精聽了，急忙遞了一根樹枝給青蛙，好讓他抓緊樹枝靠岸。

　　青蛙一邊游一邊說：「慢一點！我的背上有非常寶貝的東西喔！」

　　說著說著，青蛙背上的三個紅色魚鰭突然動了起來，原來，他們是羅莎那三個不見的妖精小寶貝，尖尖的魚鰭，其實是他們戴的帽子。

　　羅莎邊責備三個亂跑的小妖精，邊把他們抱起來，然後，她親了青蛙一下。「哈哈！好了，好了！別再親了！」青蛙呱呱呱的說。

　　青蛙說，他願意當船，把其他小妖精也載到大樹這裡來，而小妖精們也很高興的接受青蛙的幫忙。

　　下一次，你可以在小水坑裡放一艘小船，再拿石頭丟它。試試看，你能不能打中小船呢？

謝謝你，可愛的小兔！

蕾雅生病了。

媽媽說，她一定要待在家好好的休息，還要吃很多維他命，媽媽還幫她削了很多胡蘿蔔，讓她當零嘴吃。

可是，蕾雅討厭吃胡蘿蔔！

蕾雅無聊的望著窗外的花園，可是花園裡除了偶爾飛來幾隻蜜蜂，一點聲音也沒有。

蕾雅摺了一艘小船，丟到窗戶旁的小池塘。

哇，小船真的浮起來了！

「那是什麼？」蕾雅仔細一瞧，原來是一隻小兔子，正在池塘邊蹦蹦跳跳。

「噓——」蕾雅發出聲音，丟了一根胡蘿蔔給小兔子，可是，胡蘿蔔卻掉到池塘裡了。

蕾雅又再丟了一根胡蘿蔔。

這次，胡蘿蔔掉在草地上。小兔子馬上跳過去，津津有味的吃著胡蘿蔔。

過了一會兒，蕾雅的胡蘿蔔都被小兔子吃完了。

「謝謝你，親愛的兔子。」蕾雅輕聲的說。

這時，媽媽走進房間，看見裝胡蘿蔔的盤子是空的，她滿意的說：「乖女兒，你把所有胡蘿蔔都吃光了耶！」

蕾雅忍住笑，告訴媽媽：「對啊，所有胡蘿蔔都被吃掉了。」

當然，她並不需要說是誰把胡蘿蔔吃掉的。

你下次也可以像兔子一樣，把手放在背後，只用嘴巴去吃胡蘿蔔唷！

佛洛的神奇瓶子

佛洛的爺爺從海上旅行回來，送給他一艘瓶中船——那是一艘在玻璃瓶裡的小船。

爺爺告訴佛洛：「孩子，你等著看。這將會是一艘充滿夢想的小船。」

佛洛把瓶中船放在床頭櫃上，每天睡覺前，他都會仔細的看看這艘船。

有時候，佛洛會打開窗戶，讓月光透過飄動的窗簾灑落在船上，交錯的光影，就像甲板上有小水手在工作一樣。

爺爺說得對極了！這真的是一艘充滿夢想的小船！

除此之外，佛洛還會做奇妙的夢，像是夢到在無人島上尋寶，或是夢到海盜和海中的怪獸，甚至也有凶猛的惡龍來到他的夢中。

不過，不管什麼夢，夢裡面的佛洛永遠都是一位勇敢的小水手。

一天晚上，佛洛夢到他和一隻銀綠色的龍在作戰，因為那隻龍想吃掉他的船，還對著船帆噴火。最後，佛洛用寶劍把龍趕走了。

佛洛從夢裡醒來後，看著他的瓶中船，疑惑的說：「咦，這是怎麼一回事？」因為船帆真的變得黑黑的，就像被火燒焦一樣，而且船尾還掛著被扯破的小碎布呢！

「真的燒起來了耶！但是，這怎麼可能呢？不管是龍，還是火，這些都只是夢而已……難道不是嗎？」想著想著，佛洛笑了。只有一個辦法可以確定是怎麼一回事，那就是馬上再睡一覺！

於是，佛洛把毯子蓋好，睡著了。

這次，他會夢到什麼呢？

第二天早上，佛洛笑著醒來，那艘瓶子裡的小船又和從前一樣，沒有燒焦變黑，也沒掛著小碎布。

這真是個有趣的夢。

你是不是也做過這樣的夢？在夢裡你是勇士嗎？你最喜歡做什麼夢呢？

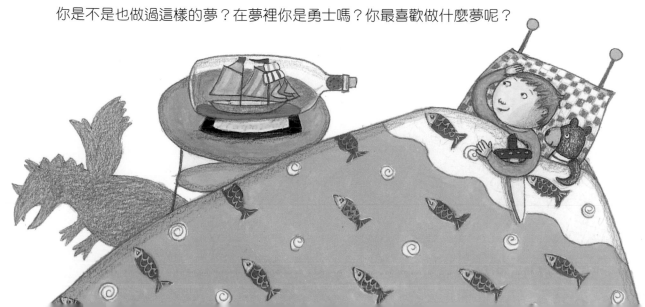

恐怖的早晨

「叮咚！叮咚！」小妖精佛洛迪家的門鈴響了。

「是誰一大早就按門鈴啊？」佛洛迪一邊發牢騷，一邊走去把門打開。正當他想破口大罵時，突然嚇了一跳，因為在他家門口，竟然出現了一個海盜。

海盜氣喘吁吁的從佛洛迪身邊跑過去，飛快的鎖上門，然後對佛洛迪說：「噓！你一定要把我藏起來，快點！」

佛洛迪指了指放在走廊上的大箱子，於是，這個扮作海盜的妖精連忙爬了進去。

當佛洛迪正要幫他蓋上蓋子時，海盜再一次的把手放在嘴邊說：「噓！」佛洛迪點點頭，表示沒問題。

接著，佛洛迪悄悄的跑到窗邊，小心的往外察看。他心裡想：「哇！沒想到我真的藏了一個海盜耶！這個海盜看起來很緊張，他到底在躲誰呢？嗯……也許是在躲另一個比他更凶狠的海盜，也或許是在躲一整艘船的瘋狂海盜！」佛洛迪想著想著，雙腳忍不住害怕的發抖。

這時，門鈴又響了。佛洛迪打開門一看，這回，站在他面前的是個小男生，是一個扮成海盜的小小妖精。

「你是誰啊？」佛洛迪好奇的問。

「噓！」小男孩說：「我在找我爸爸，他最喜歡躲在別人家裡了！他在你這兒嗎？」佛洛迪驚訝的看著小男孩，然後，他笑著指了指走廊上的那個箱子，小男孩也笑著點點頭。

然後，他們一起把箱子的蓋子打開。小男孩說：「把手舉起來，你這個壞蛋海盜！快跟我走！」於是，海盜很聽話的跟著他走了。

他們走了之後，佛洛迪把門關上。

哇，這真是一個恐怖的早晨啊！

現在該你嘍！你的爸爸、媽媽要躲起來了，你能不能找到他們呢？

艾蜜莉——勇敢的七海女海盜

　　艾蜜莉站在海盜船的甲板上，遠遠的，就看到海盜島上的高塔，這時，還距離海盜島很遠很遠呢！

　　愛蜜莉受到邀請，要到海盜島上參加勇敢海盜派對，因為大家都知道，艾蜜莉在縱橫七座大海的海盜裡，是非常非常勇敢的海盜。

　　就快到海盜島了！愛蜜莉拋下船錨，爬上另一艘小艇，再划到岸邊，而她的船員坐在另一艘船上，緊緊跟著她的小艇。

　　就在艾蜜莉走上岸的時候，突然有人用網子把她困住。「嘿嘿，這下子我們可捉到你了！」一個海盜大叫著說。接著，她就被拖走了。

　　艾蜜莉氣得大罵，還用腳踢來踢去，她看著她的船員，心想：「難道沒有人要幫我嗎？」但是，她的船員全都站在原地笑著，沒有人想幫她。

　　「好，你們給我等著！等我自由的時候，我會叫你們每一個人都跳到海裡去！」艾蜜莉對著船員大吼大叫。

　　艾蜜莉被關在高塔的地下室裡，她用力掙脫，終於從網子裡逃了出來。

　　她生氣的爬上樓梯，可是，這時已經天黑了，到處都是黑漆漆的一片。

　　當愛蜜莉爬到最高的房間，把窗戶打開，準備大叫的時候，突然聽到一陣歡呼聲和掌聲。原來，高塔下站了好幾百個海盜，他們都在為愛蜜莉歡呼鼓掌。

　　艾蜜莉笑著說：「你們就是這樣歡迎女海盜的嗎？你們給我等著！」她飛快的從窗戶鑽出來，所有的海盜都嚇得停止呼吸，因為艾蜜莉的膽子真的很大，她竟然要從高塔攀爬下來！

　　最後，愛蜜莉縱身一跳，剛好跳在地面的一顆金色星星上。

　　「恭喜你！」她的船員高興的說：「你得到這顆金星了！因為你是最勇敢的女海盜。」

　　艾蜜莉笑了，這真的是個非常棒的驚喜！

　　你是不是也有很勇敢的時候呢？那時候，你做的是什麼事呢？

很棒的獎品

　　幼兒園老師拿了一個裝了信的箱子，利努斯的眼睛直盯著箱子，感到非常緊張：「老師等一下會叫到我的名字嗎？」

　　兩個星期前，幼兒園舉辦園遊會，那天，所有的孩子都放了一顆氣球到天空，氣球上則綁了一張寫著自己名字的卡片。如果有人發現了氣球，就要寫一封信給幼兒園。

　　而今天，老師就會告訴大家，誰得到了回信，以及誰的氣球飛得最遠。

　　得到第三名的是雅森，他拿到一本書當禮物。

　　第二名得到的獎品是「兔子和刺蝟」遊戲盒。不過，利努斯對這個獎品一點都不感興趣，他只想得到第一名，因為第一名的獎品是一輛全新的腳踏車。

　　「接下來，得到第二名的是——利努斯。」幼兒園老師宣布後，大家都拍拍手。利努斯走到老師面前，拿了遊戲盒和信，謝謝大家。

　　爸爸到幼兒園接利努斯回家時，他失望的告訴爸爸：「我不想要這個遊戲盒，我只想得到腳踏車……。」爸爸一邊幫利努斯開信，一邊說：「可是，我覺得你得到的這個遊戲盒很有意思耶！」

　　然後，爸爸看著信笑了，他說：「你聽喔，這封信寫著：『嘿，利努斯，我叫保羅，我今年五歲，住在海邊。你要來找我玩嗎？你會想來嗎？』」

　　利努斯很驚訝的看著爸爸說：「我們要去海邊嗎？」

　　爸爸點點頭：「我們去海邊郊遊，你和我，還有這個我們不認識的男孩保羅。我們也可以帶媽媽一起去喔！」

　　利努斯高興的歡呼：「我也想帶這個遊戲盒一起去！這真是一個很好的獎品！」

　　你也玩過這種讓氣球飛到天空的遊戲嗎？試著綁上有你的名字和地址的卡片，或許，真的會有人撿到喔！

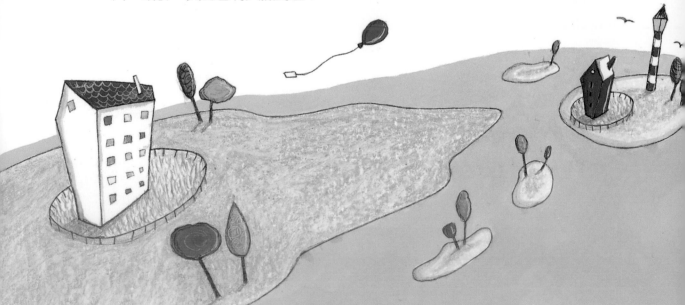

中了魔法的王子

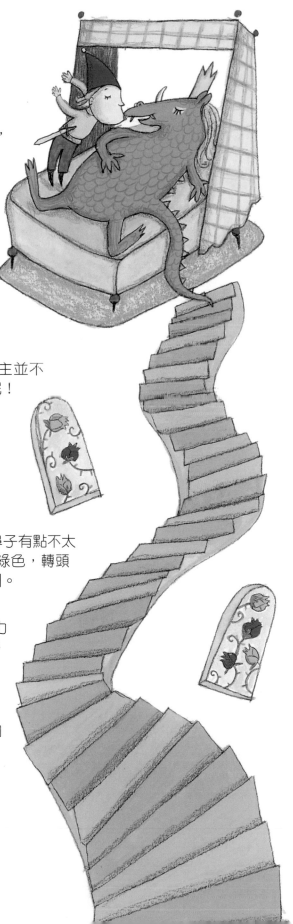

小妖精飛力終於成功了！他穿越荊棘與樹叢，站在一座高塔前。

高塔裡有一位沉睡了一百年的公主，只要飛力親她一下，讓她醒過來，他就可以變成一位王子。

至少，童話故事裡都是這麼寫的。

飛力一階一階的爬到塔頂的房間，然而，粉紅色床上躺著的，並不是一位美麗的小妖精公主。

「不會吧！躺在床上的是一隻小龍公主！」飛力吃了一驚。

這下子，飛力得考慮一下了。或許，小龍公主並不希望小妖精親她，說不定，小龍還會吃掉小妖精呢！

不過，飛力是個勇敢的妖精小騎士，所以，他還是嘟起小嘴，他希望，在他親了小龍公主以後，小龍公主會變成妖精小公主。

飛力全身都緊繃了起來，因為小龍公主真的醒了！她看著飛力，很喜歡他的樣子。

「你是我的王子！」小龍公主開心的說。

正當飛力想搖頭拒絕的時候，他發現，他的鼻子有點不太對勁，竟然變得又綠又長，而且他的手也變成了綠色，轉頭一看，他還有條長長的尾巴，上面還長了尖尖的刺。

「我變成一隻龍了！」飛力驚訝的大叫。

「當然嘍！」小龍公主把金色的皇冠戴在飛力頭上，笑著說：「不然，你怎麼能成為我的王子呢？」

飛力看著她，笑著說：「好啊，有什麼不可以呢？我覺得當龍也很好。走吧！」

於是，小龍飛力拉起小龍公主美麗的爪子，和她一起從高塔的窗戶飛出去。

也許，他們到今天都還活著！

你想像中的龍是什麼樣子呢？把牠畫下來吧！

全世界最好的朋友

直到現在，小妖精費爾還是不知道究竟發生什麼事了！

因為好心的小老鼠告訴他，如果藏在木箱裡面，就可以躲開壞貓咪，而且小老鼠還幫他把箱子的蓋子鎖起來。

好了，現在費爾不僅打不開蓋子，就連貓咪也很久沒出現在箱子前面了！

突然間，一陣天搖地動，費爾想，應該是有人搬動箱子了。

「但是，要搬到哪裡呢？說不定，箱子會被搬到放滿食物的房間呢！不管怎麼樣，只要在蓋子被打開時偷偷溜走，就可以了。」費爾不禁笑了。

費爾等啊等，等到都睡著了，卻還是沒有人打開這個箱子。

過了一陣子，費爾被一陣碰撞聲吵醒了！太好了，有人把箱子打開了！

費爾連忙躲到箱子的角落，準備當蓋子一拿開，就要快快爬出箱子。可是，費爾還沒爬出箱子，就被一隻大手給捉住，而且，這隻手充滿了洋蔥的怪味道！

「唉唷，很臭，很噁心耶！」費爾捏著鼻子說。

這隻大手的主人不懷好意的笑了，他問費爾：「『很臭，很噁心』，這是你的名字嗎？」費爾搖搖頭說：「才不呢，我的意思是說『你很臭』！」

費爾這麼一說，大手握得更緊了！他趕忙改口：「哦，不是不是，我是說，你一點都不臭，你是個很好的大巨人。不過，你可以先放開我嗎？我快被抓扁了……。」

這隻大手雖然稍微鬆開了一點，但是這個巨人卻說：「把你放開？你是在開玩笑嗎？通常捉到像你這樣的小鬼，我一定會把他們關起來，讓他們沒辦法再搗蛋！」

費爾問：「什麼搗蛋的小鬼？你在說什麼啊？」

大巨人聽到費爾這麼說，便湊近費爾，仔細的盯著他瞧，近到連他身上的每一根毛，費爾都看得一清二楚。

「很臭，很噁心！」費爾忍不住這樣想，但是他知道，最好不要說出來。

大巨人疑惑的問：「咦，你不是我們船上的那個搗蛋鬼嗎？」

費爾聽了，驚訝的說：「船？你是說『船』嗎？你是說，我們在海上嗎？」費爾的臉瞬間變得蒼白。大巨人點點頭說：「我們當然在海上啊！不然我們會在哪裡呢？我是這艘船的大廚，我當然知道我們在哪裡！」

費爾這下子不得不相信了。大巨人說他是這艘船的大廚，那他們現在當然是在船上嘍！

可是，費爾不喜歡水，更別說是在大海裡了。

「你是海盜嗎？」費爾小心的問。

大廚師搖搖頭。

「呼！」費爾總算鬆了一口氣，心想：「我應該不會遇到什麼倒楣事吧？」

「可是，一般的水手也很討厭調皮搗蛋的小鬼。」廚師一邊說，一邊把他的手打開，讓費爾可以伸一伸懶腰，舒服的坐在他的手上。

廚師開始覺得這個小妖精很有趣，心想，說不定小妖精可以留在廚房裡，這麼一來，他就不會那麼無聊了。

廚師告訴費爾：「如果你想待在這裡，我可以跟船上的水手說，你是我最好的朋友，還會告訴他們，你會為我們的船祈福，讓船不會遇到大風暴。」

費爾看著胖廚師，認真的點點頭說：「當然可以，沒問題！我還需要做些什麼事嗎？」廚師笑了笑說：「你只要待在廚房裡，坐在我旁邊就好。嗯……你可以說故事給我聽，也可以幫忙把鹽巴遞給我，或者多吃點東西。你真的該多吃一點，你像火柴棒一樣細！」

費爾笑著說：「沒問題，這些事我都可以做。我希望你煮的飯很好吃，你知道嗎？我最喜歡的菜，就是加點香料的新鮮香菇。」

廚師笑到流眼淚，不停顫動，還好費爾緊緊抓住他的拇指，否則一定會掉下來。

廚師一邊擦眼淚，一邊笑著告訴費爾：「大海裡怎麼可能會有新鮮的香菇、新鮮的香料呢？不過我知道，如果我們當朋友，一定會很有趣。」

費爾點點頭說：「你要保護我喔！我不喜歡水。」

「哈哈哈，一個不喜歡水的搗蛋鬼！」廚師聽了又開始大笑了起來。

後來，這個胖廚師和像火柴棒一樣細的小妖精，變成了全世界最好的朋友。

你也想要一個小妖精朋友嗎？你可以想像你有一個這樣的朋友，然後，再為他蓋一間小房子、做一張小床！

你會很累喔！

　　「啊哈！」以利亞用力轉著船上的方向舵，大聲的問：「下面一切都還好嗎？」站在下方沙地上的提歐點點頭，並順著網子爬到船桅。

　　突然，提歐發現沙地上有一個洞，他喊著：「汽車快開走！」

　　以利亞笑著說：「汽車？你忘了我們在海上嗎？你應該觀察海上的船才對。」

　　提歐把手放在額頭上，瞇著眼往遠處看：「可是，公園裡只有汽車啊！咦，有一隻兔子在船上耶！」

　　以利亞四處查看，問：「兔子在哪裡？」

　　提歐指著船身旁邊的繩子：「在那邊，就在你的下面。你再退後一點就可以看到了。」

　　「碰！」一聲，以利亞掉了下來，還好，下面是軟軟的沙子。

　　提歐問以利亞：「很痛嗎？」他也跟著爬下船了。

　　以利亞搖搖頭說：「還好，因為我壓在一個軟軟的東西上。」

　　提歐笑他說：「我想，你可能把你的玩具兔子給壓扁了。」

　　以利亞嚇了一跳，趕緊爬了起來，他希望兔子沒有被他壓壞。

　　這時，提歐笑著說：「你的兔子沒有壞，他就在你旁邊。」

　　「真的耶！」兔子真的坐在以利亞旁邊的沙地上。「那我到底壓在什麼東西上了？」

　　以利亞站起來檢查，原來，是他的背包，已經被他壓得扁扁的了。

　　提歐說：「你也把放在背包裡的食物壓扁了。」

　　「真噁心！」以利亞也這麼覺得。因為，壓扁的香蕉和麵包，並不是他喜歡的東西。

　　於是，提歐和以利亞爬上了高塔，餵兔子吃這些被壓扁的食物。

　　你餵過動物吃東西嗎？是兔子、鴨子，還是動物園裡的山羊呢？

費雷德舅舅的耳朵很乾淨

「不要！我不要！」小妖精薇歐拉放聲大叫，因為媽媽要幫她洗耳朵，她最討厭媽媽用一條厚毛巾往她耳朵裡塞了。

媽媽說：「你一定要洗。小妖精只有在耳朵洗乾淨的時候，才能聽得清楚。讓我告訴你一個跟耳朵有關的故事吧！」

媽媽從櫃子裡拿出一條小毛巾，開始說故事：「從前，有一隻兔子，牠從來不洗牠的長耳朵……」

薇歐拉不等媽媽說完，馬上大叫：「不要，我不想聽這個故事！」

媽媽笑著說：「好吧，那我就說一個跟我的舅舅有關的故事。我的舅舅從來都不用毛巾洗耳朵，因為啊，他天天都在海裡面洗澡。」

薇歐拉聽了，睜大眼睛問：「真的嗎？」

媽媽點點頭說：「他還會潛水喔！所以，他的耳朵一直都很乾淨。」

薇歐拉歪著頭問：「假如我每天都在河裡洗澡，也可以把耳朵洗乾淨嗎？」

媽媽驚訝的看著她：「當然可以嘍！可是，你以前都不想去河裡玩，也不想學游泳啊！」

薇歐拉站起來說：「我改變主意了，現在我想去了。媽媽，你可以教我嗎？」

於是，妖精媽媽很快的拿了兩條毛巾，和薇歐拉一起到了河邊，她希望在薇歐拉後悔之前，讓她開始學游泳。

不過，媽媽根本不用擔心這件事，因為薇歐拉真的覺得游泳很好玩，她不但很快就學會游泳，也學會潛水和跳水。

媽媽覺得這實在是太神奇了！

而且，薇歐拉再也不必用討厭的毛巾洗耳朵了。

你有哪些地方是不想洗乾淨的呢？你想到什麼好辦法了嗎？

瑪莉的海盜派對

「我想要一個海盜派對嘛！」瑪莉很堅持的說。

「不可以！」媽媽回答：「你們不可以像海盜一樣，在家裡到處跳來跳去。」

瑪莉聽了，忍不住嘆了口氣。今天是她的生日，她邀請了六個小朋友來家裡玩，而她最想要的，就是讓自己變成一個海盜，來一場瘋狂的生日派對。

但是，瑪莉和媽媽住在一間小公寓裡，媽媽說，大家只能乖乖坐著吃蛋糕……。

瑪莉的心願被媽媽狠狠拒絕後，她便難過的去上學了。

上學途中，瑪莉遇見了索爾，他還唱了首生日快樂歌送給瑪莉，把她逗得笑呵呵。

可是，放學後，瑪莉想起生日派對的事，又變得安靜沉默起來了。

當她走到家門口，正要按電鈴的時候，她看見門上貼了一張紙條，上面寫著：「請跟著箭頭走。」

瑪莉低頭一看，真的耶，有人在地上畫了箭頭！

瑪莉跟著箭頭往前走，經過了索爾的家，也經過了爺爺的農舍。最後，箭頭指著倉庫的大門，門的旁邊，還放了海盜的眼罩和帽子。

瑪莉的心臟撲通撲通的跳得好快，她立刻穿戴好這些海盜配備，小心翼翼的把倉庫門打開。

「祝你生日快樂！」媽媽、爸爸、爺爺，還有瑪莉的朋友們，大家都開心的唱著生日快樂歌，祝福瑪莉生日快樂。

在他們背後，掛了一面巨大的海盜船船帆，而且媽媽、爺爺和奶奶用稻草堆做成的海盜船上，還有方向舵和大砲呢！

「海盜派對開始了！」瑪莉歡呼大叫，跳進媽媽的懷裡。

媽媽笑著說：「沒錯，我的野女兒。」

你也可以自己動手做一艘海盜船喔！只要用枕頭和被子圍出一個長方形，這就是你的船了。

約拿斯想當海盜警長

「不可以！在海盜遊戲裡沒有警長啦！」班尼大叫著說。

「可是，我就是要當警長！」約拿斯大吼回去。

他們兩個人都在氣頭上，互不相讓。

「嗯……你可以當一個追海盜的人，是國王的手下。」班尼建議。

約拿斯想了一下說：「我不要。不管怎麼樣，我就是要像警長那樣，有一個星形的徽章。」

「可是，這根本就不搭嘛……」班尼話還沒說完，約拿斯已經跑回家去了。

約拿斯在一張黃色的厚紙板上，畫了一個星星，把它剪了下來；然後，再把星星插在襯衫的口袋裡。

「我現在是海盜警長了！」約拿斯大叫著說。

「不是啦，你是追海盜的人！」班尼糾正他。

班尼說完，就跑到約拿斯的船上，想躲避他的追捕；他們兩個人跑個不停，直到海盜班尼被約拿斯抓到，並交給班尼的爸爸，他扮演著國王的角色。

「約拿斯，你真是厲害！」國王爸爸稱讚約拿斯說：「所有海盜都被你抓到了，你是我手下最會抓海盜的人。現在，我要送你一個真正的海盜徽章。」

國王爸爸從地上撿起約拿斯用紙板做的星星，那是他剛剛和班尼在玩的時候，不小心從口袋裡掉出來的。

於是，國王爸爸拿出晒衣夾，把星星固定在約拿斯的衣服上。約拿斯和班尼都好奇的看著星星，現在，這個星星看起來，就像真的警長徽章。

「好，現在輪到我來當抓海盜的人了。」班尼說。

「好啊！」約拿斯說：「來抓我啊！」

你最厲害的事情是什麼呢？幫你自己也做一個徽章，別在身上，或是用一條緞帶串起來，配戴在身上吧！

給小兔子的胡蘿蔔，
伊莎貝拉也要喔！

伊莎貝拉坐在小兔子的籠子前面，抱怨著說：「這個籠子實在太小了！」

媽媽告訴她：「爸爸會再買一個大籠子回來的。」

真的耶！爸爸回來的時候，帶回一個新的大籠子。籠子真的好大好大喔，大得連伊莎貝拉這樣的小女孩都可以爬進去。

伊莎貝拉說：「嗯……這個新籠子太大了。小兔子需要的是一間小房子，可以讓牠舒服的窩在裡面，而且，牠也需要一些玩具。」

於是，依莎貝拉馬上跑回房間，開始東找西找。過了一會兒，她便雙手抱著滿滿的東西，回到籠子前面。

伊莎貝拉先把兔子放回舊的籠子，然後再著手布置小兔子的新家。

她先拿了一個小盒子，割了個大洞，再往洞裡塞了一些稻草，當作兔子的房子。然後，從壞掉的娃娃屋中拿出高塔，放進籠子裡，這樣兔子就可以沿著高塔往上爬了。籠子裡還有一座小樓梯、一個隧道，和一條綁著胡蘿蔔的繩子。

「呼～總算布置好了！」伊莎貝拉心滿意足的看著自己的成品，開心大叫：「爸爸、媽媽，你們看！」

爸爸、媽媽看著這個兔子的新家感到佩服。

接下來，伊莎貝拉把兔子從舊籠子抱出來，放進新的大籠子裡。

一開始，小兔子謹慎的東聞聞西聞聞，然後，牠咬了一下繩子上的胡蘿蔔，最後，就躲進了牠的新家。

「我的兔子喜歡牠的新家耶！」伊莎貝拉高興的說。

「對啊，我也這麼覺得。」媽媽一邊說，一邊烤著胡蘿蔔蛋糕——這當然是給伊莎貝拉吃的。

咦，你沒有養兔子嗎？沒關係，你可以幫野生的動物蓋一間房子，例如瓢蟲的家，或是小鳥的屋子。也可以邀請爸爸、媽媽和你一起蓋喔！

送給爺爺的花生雨

　　每次漢娜在爺爺家過夜的時候，就必須到閣樓拿舊毯子來蓋。舊毯子收在一個很重的箱子裡，要很用力的打開，才能把毯子從裡面抽出來。

　　「唉唷！是什麼東西啊？」原來，是一個相框，它跟著毯子一塊兒掉了出來。

　　相框裡的照片上，有一個小女孩，她看起來像個海盜！

　　漢娜衝到樓下，興奮的叫著：「奶奶，你看我找到什麼了？這個小女孩是你嗎？」

　　奶奶仔細的看著這張照片，笑著說：「對啊！我打扮成海盜，爬到老樹屋上，還會用堅果丟我的爸爸。不過，我的爸爸好像不怎麼高興，呵呵！」

　　「這個樹屋現在還在嗎？」漢娜想知道。

　　「還在呀！」奶奶點點頭。「不過，我不知道現在還能不能爬上去？」

　　奶奶帶著漢娜，走到花園最後面種果樹的地方，最後停在一棵大樹下。漢娜抬起頭，這才發現原來上面有樹屋。

　　「這個樹屋藏得很好耶！」漢娜很驚訝的說。

　　奶奶笑著說：「你先在這裡等一下，我爬上去檢查，看看這個樹屋還牢不牢固。」奶奶身手矯健的爬上樓梯，確認樹屋的每一塊木板，然後對著樹下的漢娜說：「還可以用耶！爬上來吧！」

　　奶奶說得輕鬆，但是對漢娜來說，筆直的往上爬，可一點兒也不簡單。

　　當漢娜成功的爬上樹屋後，奶奶笑著說：「你看我剛剛找到什麼了？」

　　「是花生！」漢娜睜大了眼睛。

　　奶奶抓了一把花生給漢娜，漢娜接過之後，神祕的笑著說：「奶奶，爺爺就站在前面喔！」於是，她們朝著爺爺一直丟花生，就像下雨一樣，逼得爺爺必須躲回房間裡去。

　　哇！這真的太好玩了！

　　你把舊照片藏起來了嗎？你可以把這些老照片整理好，貼在相簿上喔！

樹屋上的兩個國王

馬滋沿著繩梯爬上他的樹屋。

昨天，他和爸爸一起用木頭做了一塊門牌，釘在樹屋門口。那塊門牌是一頂金色的皇冠，皇冠上寫著他的名字。門牌做成皇冠的樣子，是馬滋的主意，因為他覺得樹屋看起來像座城堡，而自己就是城堡裡的國王。

「僕人，給我拿點吃的東西來！」馬滋命令他的爸爸。

「你在說什麼？」馬滋的爸爸又問了一次。

「嗯……我是說，『請』您幫我拿食物！」馬滋換了個有禮貌的口吻。

爸爸笑著說：「好，我來看看能找到什麼好吃的！」於是跑回家去張羅了。

馬滋爬進他的樹屋，他把裡面布置得非常舒服！有很多墊子、一張小桌子、一些書、還有……「一隻兔子！這是哪來的啊？」馬滋嚇得大叫，他的桌上竟然出現了一隻絨毛兔子！

突然，馬滋的背後出現一個清脆的聲音，他從樹屋的小窗戶往外看，發現在樹屋的屋頂上，坐著一個他不認識的男孩。

「你是誰？」馬滋驚訝的問。

「我是喬治。」男孩急忙解釋：「我從昨天就一直在觀察你，我想，我應該可以來找你玩。很抱歉嚇到你了，我現在馬上就走。」

當他正要往下爬的時候，馬滋說：「不用啊，你可以留在這裡。這間樹屋很大，足夠給我們兩個人使用。這是你的兔子嗎？」喬治點點頭。

馬滋邊笑邊說：「我有一個僕人，他現在正從草地那邊走過來。現在，你可以把繩子放下去了。」他給喬治一條綁著籃子的繩子，讓喬治慢慢的把籃子垂下。

馬滋爸爸一邊走路，一邊自言自語的說：「唉唷，現在有點小麻煩了，我必須伺候小國王馬滋，這樣一來，我可能連休息的時間都沒有了！我不知道還有沒有時間可以睡覺……。」

這時，走到樹下的馬滋爸爸大喊：「把繩子拉上去吧！」喬治聽了，連忙把繩子往上拉。馬滋小心的接過籃子後，皺著眉頭說：「一個夾了起司的麵包，一瓶飲料，還有一塊巧克力。」馬滋搖搖頭，探出窗外說：「親愛的僕人，這麼點東西怎麼能讓兩個國王吃飽呢？」

「兩個？」爸爸覺得很奇怪，抬頭往樹上看。

「當然嚕！」馬滋說：「是喬治國王和馬滋國王。」喬治聽了，也把他的頭探出窗外。

爸爸用手拍拍額頭，哀號的說：「天啊，兩個國王！這個工作越來越難做了！不要！不要！我實在是太可憐了！」

喬治笑著問馬滋：「你爸爸總是這麼有趣嗎？」馬滋得意的點點頭。

「我有個點子！」喬治說：「我住在你們隔壁，是你們的新鄰居。我們可以拉一條繩子到我們家的花園，這樣，我爸爸也可以幫我們把東西放在籃子裡，你爸爸就可以休息了。」

馬滋爸爸聽了，在樹屋下大聲歡呼：「耶！現在我自由了！」

馬滋笑著說：「真好，你就住在我們隔壁！終於有好朋友搬來當我的鄰居了。」

喬治高興的說：「僕人，你現在可以走了，我們要開始吃飯了。」

爸爸拍拍手說：「你們真是好國王！看來，我有好日子過了。」

馬滋和喬治開心的笑著，心裡想：「是啊，好日子要來嘍！」

你看過樹屋嗎？你們家附近有沒有可以爬的樹呢？

勇敢的艾瑞克拯救整個村子

「你說什麼？你想要當海盜？」艾瑞克的哥哥嚴肅的問他：「你是一個小妖精，小妖精是住在陸地上的！」

艾瑞克聳了聳肩說：「我很確定，我一定要在海上漂流一年，當個真正的海盜。」

雖然他的哥哥試著阻止他，但是艾瑞克還是把背包裝滿，並且找到一艘船出海；而且讓人意想不到的是，艾瑞克後來真的成為很出名的海盜。

過了一年，當艾瑞克再度回到村子的時候，卻沒有一個人想聽他說那些刺激冒險的海盜故事，因為海盜並不是小妖精的工作，小妖精對海盜一點興趣也沒有。

於是，艾瑞克只好很難過的待在他的屋子裡。

有一天，一群很壞的小矮人從山的另一邊來到村子，他們想占領這座村子。小矮人以為他們可以大搖大擺的走進村子，拿走任何他們想要的東西。

但是，他們想都沒想到，竟然會遇到海盜艾瑞克。

艾瑞克在大樹上綁了一條繩子，然後抓緊繩子，盪到小矮人面前，拔出長刀，用從海盜那兒學來的恐怖眼神瞪著小矮人。

所有小矮人都嚇壞了。

突然，有一個小矮人認出艾瑞克，他說：「那個人就是瘋狂艾瑞克，他是全世界最勇敢的海盜。」小矮人一聽，全都嚇得逃走了。

村子裡的小妖精高興的歡呼，現在，他們不再討厭艾瑞克了。

雖然，小妖精大部分都住在陸地上，但是總會有一兩個特別的小妖精，想做點不一樣的事。

你以後想做什麼呢？海盜、騎士、太空人，還是賽車手呢？

瑪德琳的驚喜

瑪德琳很喜歡溜冰。

小海灣裡的海水有時候會結冰，雖然這並不是常常發生，但是如果海水真的結冰了，整個村子裡的人，都會帶著冰刀鞋去那兒溜冰。

而現在，就是小海灣結冰的歡樂時刻。

瑪德琳飛快的滑著大圈圈、小圈圈，有時候還可以成功的跳躍起來！她溜了一段時間後就會休息一下，滑回到爸爸、媽媽幫她準備的雪橇旁，那上面有個小盒子，裡面裝著熱茶、蛋糕，和一條溫暖的毯子。

當瑪德琳一下子往左，一下子往右，想穿過其他溜冰的人往前滑時，她發現冰上有個棕色、看起來毛絨絨的東西。

「嗯……這到底是什麼東西呢？是毛線帽嗎？」瑪德琳於是再滑得更靠近這個東西一點，她發現，這個東西在發抖。她彎下腰一看，噢！這個東西是活的──是一隻兔子！

「你怎麼會在這裡呢？」瑪德琳輕輕的摸著兔子，然後，把兔子抱起來，放進她的毛線帽裡，滑回她的雪橇旁。

「這隻兔子凍壞了，我們現在得先回家。」瑪德琳告訴媽媽在冰上撿到兔子的事，再小心的把兔子放在溫暖的毯子上。

「別害怕，我們會把你帶回陸地上的。」瑪德琳小聲的對兔子說。

從此之後，每當瑪德琳溜冰時，她都會特別小心。

現在，瑪德琳變成最會在冰上找東西的人，大家都來請她幫忙。她找到過耳環、圍巾、小紙條和硬幣，但是，她再也沒有找到像小兔子這樣活生生的小動物了。

你有沒有在路上發現過東西呢？那是什麼呢？

快樂的堆沙堡

　　菲力一會兒挖、一會兒敲、一會兒又拍一拍，好了，一個超級棒的沙堡完成了！

　　「瑪勒，你過來一下！」菲力大喊。

　　不過，瑪勒沒什麼興趣，這讓菲力非常生氣，因為瑪勒是來陪他玩的耶！

　　菲力繼續用樹枝蓋了高塔和護城橋，接著，又挖了一座隧道和護城河，然後，再把玩具龍放進城堡裡。

　　「瑪勒，你過來，我們一起把水倒進護城河裡！」菲力轉身跟瑪勒說，但瑪勒卻搖搖頭。

　　突然間，有一部分的城堡裂開了，沙子也掉進護城河了。

　　「怎麼會這樣呢？」菲力好生氣，他趕緊衝到玩具箱旁，彎腰在箱子裡東翻西找，想要找找看有沒有勺子之類的東西，可以把沙子敲得更結實，讓城堡更硬、更堅固。

　　就在這個時候，玩具箱的蓋子掉了下來，剛好打在菲力的背上。

　　「唉唷！」菲力慘叫：「瑪勒，這全都是你的錯！」

　　瑪勒走到菲力旁邊說：「你亂講！」然後，溫柔的摸摸菲力的背，唱著：「醫生，落傻壺醫生，讓這個男孩快點快樂起來吧！」

　　菲力笑了，他問：「落傻壺？」接著，瑪勒也咯咯咯的笑了。

　　「現在，你要跟我玩了嗎？」菲力問。

　　「可是我不喜歡騎士。」瑪勒小聲的說。

　　菲力聽了馬上說：「這根本不是什麼騎士城堡，是小仙子城堡啦！龍是負責保護小仙子的！」

　　瑪勒笑了笑說：「嗯，這個我喜歡。」

　　於是，他們兩個人一起蓋了一座堅固的城堡。

　　雖然菲力還是在心裡想著他的騎士，不過，這可不能讓瑪勒知道喔！

　　你有沒有蓋過很高的沙堡呢？它也有護城橋、高塔和護城河嗎？現在，就來蓋蓋看吧！

巧克力驚喜

「爸爸，我們要玩什麼呢？」爸爸才剛下班回到家，安東馬上對著爸爸大喊。

但是，爸爸卻對著安東抱怨了起來：「真是不敢相信，我真的不知道我的同事到底在想些什麼？他們都是一些令人討厭的怪胎！」

安東拍拍爸爸的大腿，安慰他說：「怎麼了？」

爸爸嘆了一口氣說：「唉！是跟工作有關，我真是有點生氣耶！今天開會時，我們在討論要如何包裝新的巧克力，結果居然有人提議在包裝上畫一隻兔子。一隻兔子耶！說到兔子，大家一定馬上想到復活節，但是，巧克力並不是只有在復活節才會出現啊！任何時候，只要想吃，隨時都可以吃巧克力啊！」爸爸一邊說，一邊搖搖頭。

安東笑著說：「他們真的很笨耶！為什麼不用星星圖案呢？星星什麼時候都很適合，甚至跟聖誕節也很搭啊！還可以幫它取名叫『星星巧克力』。」

爸爸佩服的看著安東說：「沒錯，這就是最棒的點子，我要馬上告訴我的同事。安東，你真的很厲害！」

爸爸親了親安東，正準備站起來時，安東卻抓住爸爸的腳說：「你可以明天再告訴你的同事，現在應該要先陪我玩才對。」

爸爸蹲下來，笑著說：「你說得很對，明天再講也還來得及，現在應該先陪你玩！」

安東點點頭，把爸爸拉到浴缸旁，開心的說：「現在，就先來一場海上泡泡大戰吧！」

你最喜歡跟爸爸玩什麼呢？

是誰住在騎士的頭盔裡？

艾瑪很喜歡這座老城堡的高塔，她喜歡在裡面爬來爬去，而且塔樓裡還有一座小小的博物館，裡面有很多有趣的東西，例如：劍、騎士的盔甲和珍貴的珠寶。

當艾瑪正在博物館裡，專心的看著金光閃閃的皇冠時，突然聽到背後有個小小的沙沙聲。艾瑪轉身察看，周遭一片安安靜靜，沒有發出任何聲音。

當她準備再繼續往前走的時候，她又聽到同樣的聲音，而且，這其實不是沙沙聲，而是更像是有人在咬東西的聲音。

艾瑪心想：「說不定有幽靈住在這兒呢！如果是這樣，那就太有意思了！」她再仔細的聽，發現咬東西的聲音，好像是從窗戶前的騎士頭盔裡傳出來的。

艾瑪彎下腰，對著頭盔說：「趕快出來吧，躲在裡面的白色小鬼。」

當艾瑪把頭盔的面罩打開時，裡面的白色小東西疑惑的看著她，但牠不是一個小鬼，而是——「一隻兔子！」艾瑪大叫。

艾瑪這麼一叫，可把兔子給嚇壞了。

「啪！」的一聲，面罩又蓋起來了。

艾瑪在褲子的口袋裡東翻西找，她記得口袋裡應該有一塊乾麵包。

艾瑪再次把面罩打開，她拿著乾麵包，兔子馬上把鼻子伸出來聞了聞。

「一隻兔子耶！」艾瑪背後出現一個小女孩說話的聲音。

小女孩站到艾瑪的旁邊，對她說：「好可愛喔！」艾瑪點點頭：「可是我們要保守這個祕密，不然，一定有人會把牠趕走的。」小女孩也點點頭，輕聲的笑著說：「好，沒問題！」艾瑪也忍不住笑了，因為她本來就知道，這個高塔裡，有許多有趣的東西啊！

你呢？你看過小兔子嗎？在哪裡看到的呢？你有摸摸牠嗎？

誰是真正的龍？

「快點！快點！」提奧像閃電一樣，飛快的跑向幼兒園。在幼兒園這棟黃色大房子前面，已經站了很多打扮成女巫、公主、海盜、蜜蜂和牛仔的小朋友。

提奧急急忙忙的轉頭察看四周，太好了，他是這裡唯一的一隻龍。

他很驕傲的摸著長長尾巴上的紅色尖刺，並且下定決心，今年一定要得到化妝比賽的冠軍皇冠！

因為提奧甚至可以噴火！

「吼──」他大叫一聲，再扯一扯嘴邊的小繩子，馬上就會噴出橘紅色的火焰。

「救命啊！」旁邊的保羅大喊。

提奧笑著說：「保羅，那只是用布做成的火啦！」

幼兒園準備了蛋糕和果汁，還播放了有趣的音樂，大家都跟著音樂跳起舞來；提奧也開心的跳來跳去，還發出吼叫聲，他可是全世界最凶猛的龍呢！

突然，有人大叫：「還有一隻龍耶！」真的，亨利也打扮成一隻龍了！

提奧「哼」了一聲，不甘示弱的說：「他不過是一個看起來像龍的小男生，而我，才是真正的龍，我才會噴火！」說完，他又拉了一下那條繩子，噴橘紅色的火來。

沒想到亨利也大聲的說：「我才是真的龍，你們看！」他大吼一聲，龍的眼睛馬上變成很可怕的紅色！

所有的孩子都覺得很特別，大聲歡呼，除了提奧。他覺得這個表演真蠢。

可是，提奧現在還有把握，能贏得這個比賽嗎？

薇瑞納老師來了，她拍著手說：「親愛的孩子，今年有兩頂冠軍皇冠，因為有兩個小朋友都做了很棒的裝扮。」

提奧緊張的就要停止呼吸。

老師把其中一頂皇冠戴在提奧頭上，而亨利得到了另外一頂。

「耶！」兩隻龍都高興的大叫、跳舞，並且在走廊上攻擊蜜蜂、牛仔和女巫。

你也想要變成一隻龍嗎？還是你想在嘉年華會上打扮成別的樣子呢？

最美麗的妖精村

　　森林邊的老樹上，住了很多妖精，可是因為實在太多了，所以住起來非常擁擠。小妖精耶蒂住得不舒服，她想要換一個新的住所。

　　「是一座燈塔耶！」耶蒂沿著燈塔往上爬，太好了，這座燈塔沒人住！耶蒂終於找到一間很棒的房子了！而且，這裡還有很多沒人住的好房子！

　　「快點回去告訴其他小妖精！」耶蒂加快腳步，跑回老樹下，告訴大家這個好消息。不久之後，許多小妖精也興奮的跟著耶蒂跑到這個地方來。

　　哇，這裡真的有很多夢想中的小房子！有一座燈塔、一棟鵝黃色的房子、一艘翻過來的船，甚至連巴黎鐵塔都有了！耶蒂非常高興，她站在高高的塔頂上看著周遭，卻忍不住想：「為什麼這裡的房子都空著呢？」突然，她看到有個東西很快的跑過去，看起來像是一隻兔子。喔，不！是非常非常多隻兔子。

　　太陽慢慢升起，天色漸漸亮了，耶蒂這才看清楚，原來這裡到處都是兔子。

　　耶蒂大叫：「妖精們注意，這裡有兔子！」

　　雖然妖精們都想趕快躲起來，可是，那些兔子根本沒有注意到他們。兔子只是坐在房子和房子的中間，吃著好吃的青草，當兔子吃飽以後，就立刻消失不見了。耶蒂鬆了一口氣，小聲的說：「如果兔子會離開，對我來說也無所謂。我很樂意和好朋友分享這個地方。」

　　但是，耶蒂並不知道她找的地方，是一座迷你高爾夫球場。很快的，球場來了許多人，他們在房子和房子之間打小白球，有些球甚至會掉到房子裡面——太糟了，這正是妖精爺爺約翰選中的房子，更糟的是，他的頭被球打到了！

　　當天空慢慢暗下來，人們便離開，球場又恢復原先的寧靜了。

　　「天啊，耶蒂，你找的是什麼地方啊？」約翰爺爺抱怨的說。

　　耶蒂覺得很不好意思，她對約翰爺爺說：「我不知道這裡會有球飛來飛去。可是，其他妖精並沒有生氣啊！」

　　「我覺得這裡很好啊！」另一個小妖精沃樂說：「反正我們白天都在睡覺，而那些人只有白天才會來打球。這種吵雜的聲音我們很快就會習慣的。到了晚上，這裡什麼人都沒有，除了偶爾會有兔子跑來。所以，我們應該留在這裡，再說，這裡的房子真的很棒耶！」

　　約翰爺爺聽了，氣得用枴杖敲了沃樂的腿。

　　「唉唷！」沃樂慘叫了一聲。約翰爺爺對他說：「沃樂，你說的是什麼話？我差點被一顆高爾夫球打昏耶！我絕對不要留在這裡！」

約翰爺爺這麼一發脾氣，所有妖精都不敢再說話了。

「現在該怎麼辦呢？」突然，耶蒂有個好點子，她告訴約翰爺爺：「其實，球只會打進你選的那棟房子裡。你要不要再找另一棟房子呢？這樣球就不會滾進去了。」

約翰爺爺疑惑的看著耶蒂說：「可是，這裡所有的房子都有人住了，我要去哪裡找另一棟房子呢？」

耶蒂笑著說：「約翰爺爺，你就住我這兒吧！對我這樣一個小妖精來說，這座燈塔實在太大了。我很想跟別人一起住在這裡。」

約翰爺爺聽了，滿意的說：「好吧！假如你一定要我這麼做的話。」接著，他便很快的衝進燈塔裡。

「我們可以留下來了！」沃樂人聲的歡呼，其他小妖精也很高興。

這真是太好了，妖精們找到一個美麗的新村子嘍！

你打過迷你高爾夫嗎？你可以試試看，但是要小心，不要嚇到小妖精喔！

米亞上報了！

　　米亞坐在窗前發呆，她覺得很無聊。

　　「媽媽，我可以去外面玩嗎？」米亞懇求媽媽。

　　媽媽搖搖頭說：「不，米亞，你今天最好留在家裡。這樣好了，你可以自己想一些故事。」

　　米亞嘆了口氣，無奈的說：「從前，有一個公主，她有一頂金色的皇冠。突然，來了一隻龍，把皇冠偷走了。」

　　米亞又嘆了口氣說：「唉，這個故事真無聊。好吧，再來一遍。從前有一個公主，她把龍偷走了。」米亞輕聲的笑了笑，繼續說：「然後，公主想把龍賣

掉，但是沒有人想買這隻龍，因為牠長得太大了，真的是太大太大了！」

　　米亞說著說著，找出了水彩，塗在手上，開始在窗戶上畫圖。她畫了一隻紫色的龍，還有一個戴著皇冠的公主。公主的手上握著一條繩子，牽著那隻紫色的龍。

　　米亞一邊畫，一邊跟媽媽講這個故事。

　　突然，門鈴響了。米亞打開門，一個拿著相機的人說：「你好，我叫寶拉彼得斯，是一個記者。請問是你在窗戶上畫了這麼棒的龍嗎？」米亞點點頭。

　　記者問媽媽：「可以照張相嗎？」媽媽同意了，米亞當然也同意了。

　　米亞坐在窗臺前讓記者拍照，還講了這個故事給記者聽。之後，記者揮揮手，友善的跟她們說再見。

　　第二天早上，大家都在報紙上看到米亞的照片，並且覺得很驚豔。

　　於是，爸爸決定從現在開始，換米亞跟他講故事，而不是爸爸講故事給米亞聽。

　　米亞真的有做到喔！嗯……至少她有時候會做到。

　　你也會說故事嗎？你的爸爸、媽媽、爺爺、奶奶，一定都會很喜歡聽！

強壯的手臂和靈巧的手指

幼兒園正在舉辦熱鬧的夏天園遊會。

多明尼克跑到爸爸的身邊說：「你看，我在丟罐子比賽中得到一張刺青貼紙。」他一邊說，一邊把左手抬起來，讓爸爸看他手臂上的黑色海盜刺青。

爸爸稱讚的說：「很棒耶！你有一個強壯的手臂喔！」

多明尼克笑了笑說：「對啊，我要再去得一張貼紙。」

不過，這次多明尼克就沒那麼幸運了。雖然，他只用一顆球就把所有罐子打倒，但是因為刺青貼紙已經送完了，所以他也無法再得到貼紙。

多明尼克難過的說：「我真的還想得到騎士城堡和龍的刺青貼紙……。」

伊莎老師很遺憾的說：「抱歉，多明尼克，已經沒有貼紙了。不過，老師有個點子喔！」伊莎老師跑到對面的攤位，拿了幾枝身體彩繪筆，興沖沖的說：「多明尼克，你看，我現在要在你的手臂上，畫一個刺青圖案。」

多明尼克站著不動，讓老師在他的手臂上，畫了一座有高塔的騎士城堡。

「畫好了！」老師得意的說。

多明尼克吹吹手臂上的畫，讓圖案趕快變乾。

伊莎老師笑著說：「現在，換你畫我了！」多明尼克嚇了一跳，因為他覺得自己不太會畫圖。雖然他現在已經有打倒罐子的強壯手臂，但是他的手指卻不夠靈巧，怎麼辦呢？伊莎老師把筆給多明尼克，說：「請你畫一個皇冠，像這個一樣。」她指著一個皇冠圖案。多明尼克鬆了一口氣。「一個皇冠？」這實在是太簡單了！只要一條長線、兩條短線，上面再加些尖齒的形狀，就完成了。

多明尼克仔細的在老師的手臂上，畫了一頂很棒的皇冠。

伊莎老師很高興的說：「多明尼克，你畫得真好！」

多明尼克聽了很開心，因為他不只有強壯的手臂，還有靈巧的手指。他真的是一個很棒的小男孩！

你會畫皇冠嗎？你也可以試試看！

是金色的星星，不是金色的寶藏

小妖精尼可拉斯坐在小船上，往岸邊開去。

他已經在海上待了很長的一段時間，也去過很多遙遠的國家，而現在，他很想回家，看看他懷念的花園和朋友，況且他的錢也快花光了。

就在他快要靠岸的時候，一艘海盜船擋在他的小船前面。

海盜船船長站在船頭，低頭看著尼可拉斯，大聲的笑著說：「嘿！你這個小傢伙，居然站在這麼小的船上。我還沒看過這麼小的獵物呢！把你所有的財寶都交出來，我就放你走。」

尼可拉斯不好意思的笑了笑說：「我沒有錢，也沒有寶藏。」

海盜船長聽了，不高興的說：「如果你不交出東西，我就打爛你的小船。」

尼可拉斯連忙說：「不不不，請你等一下。我去過很遙遠的地方，認識天上所有的星星。我不只知道北方天空的星星，也認識地球南方的星星。我可以告訴你們星星的位置，你們只要往南航行，就可以找到南方的寶藏。」

海盜船長心想：「到目前為止，我們都只在北方航海，為什麼不去南方，好好的搶些寶藏呢？」

於是，海盜船長改變心意，對尼可拉斯說：「好，如果你告訴我們所有的事，就可以放你走。」

尼可拉斯在海盜船上待了好幾個晚上，說了許多故事給海盜聽；而海盜們也遵守諾言，放了尼可拉斯，讓他開著小船離開。

現在，尼可拉斯終於可以回家了。

你知道天上星星的位置嗎？你能找出大熊星座在哪裡，並且告訴爸爸、媽媽嗎？

綠色宮多龍，帶來好朋友

這真是一個無聊的假期！

亞琳娜一個人坐在沙灘上，把腳趾頭埋進沙子裡，看著海浪拍打沙灘，再把沙子沖走。她的爸爸、媽媽只想躺著晒太陽，而且整個沙灘上，都沒有別的小孩可以陪她玩。

亞琳娜翻了翻她的貼紙本，裡頭蒐集了許多龍和寶石的貼紙。可是，這裡沒有其他小朋友可以和她交換貼紙⋯⋯。

亞琳娜有許多張相同的龍貼紙，例如：綠色的宮多龍、藍色的巴希龍；而她自己也很想蒐集星星貼紙。

突然，有個小女孩靠近她，問她說：「你也在蒐集龍的貼紙嗎？」亞琳娜點點頭。這個小女孩坐到她的旁邊說，「我幾乎蒐集到所有的貼紙了，除了宮多龍。」亞琳娜聽了，於是把綠色的宮多龍貼紙給了她。

小女孩高興的說：「謝謝你！那你需要什麼呢？這個星星嗎？好可惜，我也沒有⋯⋯。」小女孩看起來很難過，但是過了一會兒，她好像想到什麼似的，突然跳起來跑走了。等她再回來的時候，手裡多了張貼紙，就是亞琳娜想要的那張星星貼紙！

亞琳娜好開心，她馬上把星星貼在本子裡。

「漢娜！」咦，有人在大吼？而且聽起來非常牛氣！

小女孩看著亞琳娜，笑著說：「你可以跑多快呢？這張星星貼紙是從我弟弟那兒偷偷拿來的。」

亞琳娜也笑了：「我可是跑得非常快呢！」然後，就抓著漢娜的手一起逃跑了。

看來，這個假期還是挺不錯的嘛！

你也曾經在假期中認識新朋友嗎？他叫什麼名字呢？

憂傷的公主

　　從前，有一個公主，她住在海邊的城堡裡。每天，她都站在城牆上，滿心期盼的看著大海，心裡想：「唉，如果我可以飛，那該有多好！一次，只要一次就好了！」公主的願望，就是可以飛上天空。

　　公主的國王爸爸，為她蒐集了世界各地的大鳥，想讓公主飛到天空。可是，老鷹和信天翁不夠大，沒辦法把公主背起來；而且國王也很難過的發現，雖然鴕鳥大到可以讓公主坐在上面，但其實鴕鳥根本不會飛……。

　　所以，公主變得越來越不喜歡說話，臉上寫滿了憂傷，就連笑容也充滿了哀愁，走的每一步路，都讓人看了覺得難過。

　　有一天，一個貧窮的農夫來到城堡，他對國王說：「我有一樣東西可以讓您的女兒再度快樂起來。」然後，他便把一顆蛋交給了國王。

　　國王一開始原本很高興，但是當他看到竟然是一顆蛋時，馬上變得很生氣。他怒氣衝天的說：「一顆蛋？你知道嗎？我們什麼辦法都試過了，你竟然敢給我一顆這麼普通的蛋！」

　　農夫恭敬的鞠躬，對國王說：「我的國王，請您看一看，這不是普通的蛋，而是一顆非常特別的蛋。」

　　國王拿著放大鏡，仔細看了看——這顆蛋和雞蛋差不多大，白色的，圓圓的。「咦，等一下！」國王發現，這顆蛋從裡面透出了閃亮的皇冠圖案。

　　國王懷疑的說：「這一定是你畫上去的。」農夫搖搖頭說：「再過幾天，就會從蛋裡跑出一個東西，牠會讓公主再度快樂起來。如果真的是這樣，我想得到一匹馬當作我的獎勵，這樣我就可以把我種的東西載到市場去賣。」

　　國王驚訝的看著農夫說：「你只要一匹馬嗎？如果我的女兒再度露出笑容，我會送你好多好多的金子。」農夫聽了，再次向國王鞠躬，然後就離開了。

　　公主自從得到這顆蛋之後，便小心**翼翼**的把蛋放在衣服的口袋裡，好讓蛋可以保持溫暖。

　　三天之後的早晨，公主突然聽到蛋殼裂開的聲音。她小心的把蛋放在手上，輕聲的問：「小蛋啊小蛋，你到底是什麼呢？是一隻有魔法的鳥，還是一個王子？又或者你只是一隻普通的小雞？」

　　就在這個時候，一隻小龍寶寶從蛋殼裡爬出來了。

公主不可置信的看著小龍寶寶，牠就趴在公主的手心上，搓著眼睛，打著呵欠，嘴巴還噴出小小的火焰呢！

公主笑了，她笑得非常大聲，大到整座城堡裡都充滿了回音。

國王知道了也非常高興，他馬上送給農夫一匹馬，還有好多好多的黃金。

公主每天都很細心的照顧這隻小龍，幾個星期之後，小龍就已經大到必須住在城堡前方的空地上。

小龍很喜歡公主，牠會彎下身子，讓公主可以爬到牠的背上；而公主爬上龍背後，臉上也會露出滿足的表情。

然後，公主會緊緊抱著小龍的脖子，一起在天空飛翔。他們飛過大岩石，飛越大海，飛到地平線的另一邊，然後再飛回來。

當他們在天空飛行的時候，公主會不停的咯咯咯笑著，她的笑聲讓人聽了覺得非常喜悅。

國王當然也是。

你也可以自己做一顆魔法蛋喔！首先，做好一顆蛋，然後在上面畫一頂皇冠，接著挖一個洞，把寫著祕密的信捲起來，放在蛋裡面。當然，你也可以畫一隻龍放進去喔！

治療大龍聲音沙啞的魔法

從前從前，有一隻巨大的龍，牠負責保護古老的妖精王國。這隻大龍常常把火焰噴向空中，有時候甚至會噴到海上，所以，根本沒有任何一艘船敢靠近這裡。

不過，這隻大龍因為太常大吼大叫，所以聲音也變得沙啞起來了。

妖精王國裡的小孩，很喜歡故意惹牠生氣，還嘲笑牠：「你沙啞的聲音聽起來，就像生病的海鷗。」幸好這隻大龍很喜歡小妖精，所以牠並沒有太在意這件事。

但是，有一天，竟然連妖精王國的小王子也取笑牠，這下子，大龍可就無法再忍受了。牠搶走小王子頭上的金色皇冠，還用鼻子把小王子頂到海裡去。

小王子好不容易才游上岸，氣得又叫又跳，可是大龍卻一點也不在乎，還從鼻子噴出一點點煙。

小王子一整個晚上都在乞求大龍，希望大龍把皇冠還給他。後來，小王子累了，他躺在涼涼的沙灘上，聽著海浪拍打岸邊的聲音。

海的聲音聽起來很溫柔，讓人很安心。

突然，小王子一邊笑，一邊叫了起來：「大龍，我會魔法喔！如果你把皇冠還給我，我就用魔法，把你的聲音變得很好聽。」

大龍好奇的睜開眼睛問：「真的嗎？」小王子認真的點點頭。

於是，大龍馬上把皇冠從嘴裡吐出來，交還給小王子。

妖精小王子趕緊把皇冠戴上，並用手指頭點了大龍兩下，施展魔法。

「接下來要做什麼呢？」大龍問。現在，牠的聲音聽起來很溫柔，讓人很安心，就像大海的聲音。

從此以後，其他的小妖精不再捉弄大龍，黃昏的時候，他們還會打開窗戶，聽大龍唱歌呢！

或者，這也可能是大海的聲音？

你睡覺前喜歡聽什麼呢？風聲、貓頭鷹的叫聲，還是小妖精的笑聲呢？

小豬救了整艘船

莉莎船長和船員們一整個晚上，都在忙著把國王城堡裡的寶藏，全部搬到船上。而現在，船要離開港口，再度啟航了，可是，他們的肚子卻餓得不得了，非得吃點東西才行。

於是，剛端上來的炸薯條和炸魚排，一下子就被吃光了。

「現在，我要吃點心了！」莉莎大叫。

點心是紅色的水果泥，船員可努也把手伸進裝水果泥的碗裡，想挖一口來吃。

「住手！你這隻貪吃的小豬！」莉莎一邊咆哮，一邊用湯匙威脅著，在可努面前甩來甩去。喔喔，可努全身被甩滿了紅色的水果泥斑點！

「可惡！你給我記住！」可努大叫，並在莉莎面前用力甩手。

接著，一場紅色的水果泥大戰就展開了。

「救命啊！」站在甲板上的舵手突然大聲喊著，所有船員一聽，全都衝到甲板上查看。

糟了，一艘海盜船！就停在他們的船旁邊！

海盜用凶惡的眼神瞪著他們，莉莎也緊張的吞著口水，因為她的船員已經很累，萬一真的打仗了，一定贏不了。

突然，一個海盜大叫：「你們看，那個女孩子，還有旁邊那個胖子，還有後面那些人！」所有海盜看了，都害怕的趕快逃跑，沒多久，海盜就把帆拉起來，快速的把船開走了。

「他們是怎麼了？」莉莎搞不清楚這是怎麼一回事。

可努看著她，笑著說：「他們害怕得麻疹！你看看你自己。」他摸摸莉莎的臉說：「這些海盜不知道那是紅色水果泥，還以為我們長了麻疹呢！」

莉莎笑著說：「親愛的可努，你真是一隻好小豬。」

你喜歡吃紅色的水果泥嗎？說不定你可以在家裡，和爸爸、媽媽一起做這道點心喔！

皇家海鷗

　　小王子亞力克站在船舷，餵食飛過船邊的海鷗。這些海鷗很乖巧，有的還會停在他手上呢！

　　「海盜來了！」瞭望臺上的水手大叫。

　　舵手也跑到小王子身邊，對他說：「趕快把你的皇冠丟掉！如果海盜發現你是王子，他們一定會想辦法把你抓走，再向國王勒索一大筆錢。」

　　亞力克聽了，馬上把皇冠摘下。但是，該往哪兒丟呢？要丟到海裡嗎？可是這樣就再也找不回這頂漂亮的皇冠，那就太可惜了。

　　亞力克想到一個好點子了。

　　就在這個時候……。

　　「攻擊！」海盜船長大喊。

　　緊接著，一個一個海盜跳到皇家的船上，不過船員們都很冷靜，他們知道為了一點點錢和海盜拚命，是划不來的。

　　「你們這裡根本沒什麼值錢的東西嘛！」海盜船長很凶的說，但卻又無可奈何。於是，海盜們又一個接一個跳回海盜船，把船開走了。

　　舵手又驚又喜的對小王子說：「太好了，他們走了，而且竟然沒有破壞我們的船！還好你把皇冠丟到海裡去了！」亞力克笑著說：「其實，我根本沒有把皇冠丟到海裡。」小王子拿起一塊麵包，高舉到空中，馬上就有六隻海鷗飛了過來，其中一隻停在亞力克手上，而且牠的脖子上還掛著亞力克的皇冠。

　　「哇！這下子我要叫牠『海鷗王子』了！」舵手笑著說。

　　動手做一頂皇冠吧！只要在黃色厚紙板的一邊，用剪刀剪出鋸齒的形狀，再把厚紙板圍成圈黏在一起，就是一頂皇冠了！

祕密藏寶處

　　小妖精魯斯迪很喜歡他的小房子，因為房子下面有個地洞，住著他的兔子好朋友——卡爾。

　　「吃早餐了，我的小野兔。」魯斯迪叫喚著。

　　「我不是野兔，我是一隻家兔。」卡爾大聲回答，從房子外面跑了進來。

　　接著，卡爾開始對魯斯迪抱怨：「外面又有很多大野豬到處跑來跑去。你知道嗎？他們昨天把一個地底隧道給震垮了！」

　　正當魯斯迪想安慰卡爾時，那群野豬又呼嘯而過，整個地面都在震動，特別是他們兩個站著的地方，震動得特別厲害。

　　「救命啊！」魯斯迪大叫，緊緊的抱著卡爾。

　　突然間，他們兩個都掉到地洞裡了！

　　「喔喔，我想，我們今天得在你家吃早餐了。」魯斯迪說。

　　卡爾皺了皺眉頭說：「可是，我從來沒有在你家廚房下挖地洞啊！這應該是一個舊的地洞。」

　　魯斯迪推著卡爾，幫他從地洞爬出來時，突然覺得腳下的泥土裡，有個硬硬的東西。

　　他們兩個對看，大喊：「是寶藏！」

　　卡爾趕緊把土撥開，發現地洞裡埋著金幣、銀杯，還有一頂金色的皇冠。

　　卡爾開心的大叫：「有了這些錢，我就可以蓋出一個不怕野豬的洞穴了！」

　　魯斯迪也高興的點點頭說：「這些野豬總算做了件好事。」

　　於是，卡爾和魯斯迪一起蓋了一間新的大房子，房子下面有卡爾專屬的超大地下室，而且這個地下室一點都不怕野豬帶來的震動。

　　你看過野豬嗎？你知道野豬和其他小豬有什麼地方不一樣嗎？

蛋到哪裡去了？

　　這個假期的每天早上，路加都會趁著爺爺、奶奶還在睡覺時，靜悄悄的從房子走到雞舍拿蛋，這樣一來，早餐的時候，就有好吃的煎蛋可以吃。

　　仔細想想，這段期間奶奶養的雞特別勤勞，所以路加每天早上都可以找到七、八顆蛋。

　　路加走到雞舍外，小心的把門打開。他先看了一眼雞籠，嗯，裡面沒有蛋；接著又跑到雞舍外面，在灌木叢、放飼料的盒子裡東翻西找，還是連一顆蛋也沒有。

　　路加失望的回到家裡。

　　奶奶問他：「嘿，孩子，你找到蛋了嗎？」

　　路加回答：「沒有耶！我連一顆蛋都沒找到。我到處找，但是都找不到。」奶奶聽了也皺起眉頭，陪路加一起去找蛋。

　　雞舍旁邊，有一堆爺爺準備要燒壁爐用的木材，他們就在那堆木材的縫縫裡尋找雞蛋。

　　當他們翻動木材時，有個小東西被嚇著了，牠很快的穿過灌木叢逃走了。

　　「是一隻兔子！」路加興奮的大叫。奶奶也笑著說：「現在，我知道蛋在哪裡了。馬上就要復活節了，這個時候，我們的蛋都會不見。」

　　路加眨著眼睛問：「難道那是一隻復活節兔子嗎？」

　　奶奶點點頭說：「我相信牠是隻復活節兔子。好了，我們回家吧！今天我們一起吃起司麵包當早餐吧！」

　　路加在回去的路上快樂的唱著歌，他覺得早餐沒有吃蛋也沒關係，因為復活節的兔子比他更需要蛋。

　　你也看過復活節兔子嗎？

愛德伯小幽靈

「耶！我們終於要搬進這棟房子了！」約拿大叫，他真的好喜歡這棟房子喔！

這是棟很漂亮的房子，它有個種滿花草的大花園，還可以遠眺大海，最棒的是，房子的側面有一座小塔。很久以前，這棟房子原本是爸爸的爺爺家，他去世的時候，這棟房子也跟著被賣掉了。幾天前，這棟房子又要被賣了，而約拿的爸爸、媽媽，正在考慮是不是要買下來。

當賣房子的人一把門打開，約拿便很快的跑到塔頂看大海。

「哇！好美喔！我真希望這裡可以當我的房間。」約拿輕輕的說。

塔裡除了一塊灰色的舊布，其他什麼東西都沒有。約拿用兩根手指頭抓起這塊布，嫌惡的說：「噁！這塊布真應該丟到垃圾桶！」突然，他聽到有人哀怨的說：「不可以，小朋友，你不可以把我丟到垃圾桶。拜託！拜託！」

約拿驚訝的看著這塊布說：「是你在說話嗎？」沒想到這塊布竟然飄了起來，還一直飄到窗戶邊。約拿揉了揉眼睛，難道這是在作夢嗎？

「我的名字叫愛德伯，是個小幽靈。是一個真正的幽靈喔！你知道嗎？這個世界上真的有幽靈喔！」這塊布這麼說。

約拿聽了，笑了笑說：「哈哈，我還以為我看到幽靈會很害怕呢！」

愛德伯卻突然哭了起來：「其實我很友善，可是大家都很怕我……。」

約拿安慰他說：「可是，我一點都不怕你啊！你為什麼住在這裡呢？」

愛德伯回答：「我以前是個很有名的海盜，可是，我的船遇到暴風雨，沉到海底了。我最珍貴的寶藏，是一條上面有顆金星的項鍊，它也跟著船一起沉下去了。因為我實在太難過，就變成幽靈了。我一直希望有人可以幫我找到項鍊，這樣我就不會那麼傷心了。」約拿說：「我沒辦法幫你到海裡找回項鍊，那一定是在很深很深的海底。不過，我可能很快就會搬到這裡，我們就可以變成好朋友了。」

小幽靈聽了，高興的轉著圈子說：「太好了，我有好朋友了！」

約拿也開心的笑了，他覺得愛德伯真是個有趣的幽靈。

爸爸和媽媽剛好在這個時候也走進房間，媽媽問約拿：「你為什麼笑呢？」

「沒什麼啦！」約拿問：「我們可以搬進這棟房子嗎？」

媽媽和爸爸都同意的點點頭。「太棒了！」約拿大聲歡呼。

如果仔細聽，還可以聽到一個小小的回音說：「太棒了！」

很可惜的是，我們的生活裡並沒有小幽靈，如果有，那一定會很有趣，不是嗎？

真正的朋友會和好

　　小妖精美娜和小龍尤瑟是最要好的朋友，可是尤瑟生氣的時候，常常會忘記應該好好對待他的朋友。

　　例如現在。

　　尤瑟非常生氣，因為美娜太早把他叫醒，他最討厭別人把他吵醒了。

　　尤瑟把美娜關進箱子裡，美娜氣得大罵：「我等一下要用繩子把你的龍嘴巴綁起來！」但這時尤瑟已經用嘴巴咬住箱子，飛向大海。

　　困在箱子裡的美娜，聽到海浪的聲音，生氣的大叫：「尤瑟，你是一隻大笨龍！」

　　「我才不是！」尤瑟也大聲的回答。

　　喔喔！尤瑟說話了，那代表他把嘴巴打開了，也就是說，這個關著美娜的箱子，就這麼掉到海裡了。

　　「啪咚」一聲，幸好，箱子打開了，美娜覺得自己像是坐在小船裡，在海中搖來晃去的。她看了看四周，尤瑟正一邊找她，一邊飛了過來。

　　「我在這兒！」美娜大叫。

　　龍的耳朵很好，所以尤瑟很快就發現了美娜，於是他趕緊咬起箱子，飛回家去。

　　「對不起！」尤瑟小聲的說：「我真是個愛賴床的懶惰蟲。」

　　美娜笑著說：「唉，我也不好，我太喜歡罵人了。我們可以和好嗎？」

　　尤瑟點點頭，小心的用他的大爪子，和小小的妖精手握握手。

　　好朋友永遠可以互相原諒對方！

　　你也和你的好朋友吵過架嗎？你們後來是怎麼和好的呢？

這才叫最好的朋友！

小女生們都把自己裝進袋子裡，蹦蹦跳跳的玩起跳袋子的遊戲。

可是莎拉卻沒加入跳袋子的行列，因為她很擔心好朋友露薏絲的小兔子羅蒂，牠今天什麼東西都不吃，水也不喝，眼睛還紅紅的。

莎拉溫柔的摸了摸羅蒂，希望牠能舒服一點。

這時，露薏絲跳向莎拉，對她說：「莎拉，來吧！現在換我們兩個人一起在袋子裡跳，這樣一定很好玩！」

但是莎拉卻搖搖頭說：「不了，我想照顧羅蒂，我覺得牠看起來不太舒服。」

露薏絲聽了，生氣的對莎拉說：「今天是我的生日，而你是我最要好的朋友，你應該多跟我玩才對啊！」說完，露薏絲就氣得跳走了。

過了一會兒，露薏絲又跑了過來，她不高興的對莎拉說：「我輸了！都是因為你不陪我一起玩跳袋子！」

莎拉小聲的說：「露薏絲，我想，羅蒂可能生病了。」

但是，露薏絲卻聳了聳肩，不在乎的說：「牠真是一隻笨兔子！莎拉，你過來一起玩吧！」莎拉還是搖搖頭。

莎拉知道，其實露薏絲很喜歡她的兔子，可是，今天也是露薏絲的生日，生日這天是很重要的。

於是，莎拉跑到露薏絲家找她的爸爸，並且問他：「你可以帶羅蒂去看醫生嗎？今天是露薏絲生日，我走不開。」露薏絲的爸爸嚇了一跳，驚訝的點點頭。

現在，莎拉終於可以和露薏絲一起玩了。她們兩個人贏了雙人跳袋子的比賽，各得到一頂銀色的皇冠當獎品。

露薏絲的爸爸帶著羅蒂回來了，他告訴露薏絲和莎拉，羅蒂真的生病了，不過，牠吃了藥之後就好多了。

露薏絲直到這時才清醒過來，她突然臉色蒼白，害怕的說：「莎拉，還好你發現羅蒂生病了。」

莎拉笑著回答：「因為我們是好朋友啊！好朋友不只要照顧過生日的壽星，還要照顧壽星的寵物啊！」

想想看，你會幫最好的朋友做什麼事呢？

大水龍不會潛水

「快一點！爸爸，快一點啦！」班尼緊緊的抱著一隻充氣的塑膠龍，高興的大叫，而爸爸則負責在海裡抓住這條龍，以免讓海水沖走。

「呵呵，我覺得好癢喔！」班尼「撲通」一聲跳進海裡，爸爸笑著把他抱起來，兩個人開心的在海裡又蹦又跳。

他們並沒有發現，那隻龍已經被海浪沖走了。

「我的龍！」當班尼大聲驚呼時，那隻龍已經被沖到很遠的地方了。

爸爸帶著班尼慢慢走回沙灘，安慰他：「班尼，算了！它已經是一隻在大海裡的水龍了。」

但是，班尼搖搖頭說：「不要，我要在這裡等。說不定，龍還會再回來。」

班尼一個人坐在沙灘上，等待奇蹟出現。突然，班尼的眼睛閃著亮光，他高興的說：「哇！真的耶！龍真的又漂回來了！」

這到底是怎麼一回事呢？

原來，海裡有個小東西推著龍回到沙灘上。這個小東西從龍的下方鑽了出來，頭上戴著皇冠，雖然沒有腳，但卻有著小魚鰭。

「是美人魚耶！」班尼驚訝的說。

這個小東西回答：「我不是美人魚，我是水精靈。我把這隻龍還給你吧！我本來想把它一起帶到海底去的，可是牠只能浮在海面上，我沒辦法把它帶走。」

班尼小聲的說：「謝謝！」水精靈揮了揮手，又潛入海中。

這時，爸爸回來了。

爸爸看到龍，驚訝的問：「到底發生什麼事了？」

班尼神祕兮兮的笑著說：「我就告訴你嘛，龍會回來的！因為它根本就不是一隻水龍，它只是一隻會浮在水上的充氣龍。」

你也有充氣的動物遊具嗎？是救生圈，還是水上的氣墊呢？

馬可救了一顆蛋

小妖精馬可住在水草旁的小塔裡，在那裡，他可以清楚看見整面湖。

有一天，馬可發現湖邊的鴨巢裡，有一個咖啡色的東西，看起來很像藏寶箱。

馬可趁著鴨媽媽正在湖的另一邊教鴨寶寶潛水時，偷偷跑進鴨巢裡。

原來，那個咖啡色小箱子是用蘆葦編成的。馬可很小心的把箱子打開，想看看箱子裡究竟放了什麼東西，突然傳來「呱！呱！」的聲音，是鴨媽媽回來了！

鴨媽媽很生氣，她把馬克從鴨巢裡頂了出來。跌落湖面的馬可努力划著水，花了很大的力氣，才終於抓住蘆葦桿，從水裡爬了出來。

「你是個壞心眼的小妖精，專門偷我的寶貝！你是強盜、壞蛋！」鴨媽媽氣得破口大罵。

馬可很無辜的說：「我只是想看一下而已嘛！」

鴨媽媽甩了甩羽毛，勉強的說：「好吧！」然後用嘴巴把箱子打開，好讓馬可看清楚箱子裡裝了什麼。

「是一顆蛋耶！你為什麼把蛋放在箱子裡？為什麼不把蛋孵出來呢？」馬可充滿疑惑的問。

鴨媽媽難過的看著馬可說：「這顆蛋是我姐姐剛剛才從郵局寄來的。我姐姐把翅膀摔斷了，沒辦法孵蛋，她要我幫她孵這顆蛋。但是，我自己已經有很多鴨寶寶了，我必須照顧我的孩子，我實在沒空孵蛋。」

馬可聽了點點頭，想了一下，然後爬進箱子裡說：「雖然我很小，但是，我可以用箱子裡的羽毛覆蓋這顆蛋，讓蛋保持溫暖。」

聽到馬可這麼說，鴨媽媽很高興。於是，小妖精馬可就開始孵蛋了。

當鴨媽媽的姐姐來的時候，小鴨子剛好從蛋裡孵出來。馬可很神氣的說：「你看，我們小妖精什麼事都能做！」

你看過小鴨子嗎？牠們長得是什麼樣子呢？

有一艘船要來了！

　　瑪德琳和亨利待在海邊度假，可是亨利卻抱怨的說：「我覺得好無聊喔！這裡沒有男生跟我玩。」

　　瑪德琳點點頭，因為她也想認識新朋友，於是她開口唱著：「會有一艘船來，這艘船會帶來和我一起玩的朋友⋯⋯。」

　　可是亨利才不相信呢！他說：「我比較希望這艘船可以帶來一位教唱歌的老師，好讓他教你怎麼唱歌才對！」瑪德琳聽了，不服氣的對著亨利吐舌頭。

　　之後，他們兩個人往海邊走去。海浪的聲音很大，亨利根本聽不到瑪德琳的歌聲。

　　瑪德琳把她的船放在海裡，繼續唱著：「會有一艘船來⋯⋯。」喔！糟了！瑪德琳的船被海浪捲走了。她趕緊走到海裡，把船拿回來。

　　「咦，還有另一艘船耶！」瑪德琳彎下腰撿起船，發現船上還有一隻玩具龍。

　　「這是我的龍！」旁邊有個聲音大叫，是一個金髮小男孩。

　　「嗨！我的名字叫飛尼。謝謝你抓住我的船，不然，我的船會漂得更遠。」飛尼說。

　　瑪德琳笑了笑，又開始唱著：「會有一艘船來⋯⋯ 。」

　　飛尼微笑著說：「你真是個有趣的女生。來，我們來比賽，看誰的船開得比較快。」

　　飛尼說完就跑了起來，瑪德琳馬上追了上去，她還邊跑邊向亨利吐舌頭。

　　而亨利則依然在岸邊，傻傻的看著他們⋯⋯。

　　你可以摺兩艘紙船，其中一艘送給別人，這麼一來，他一定會跟你一起比賽，看誰的船開得比較快！

保羅的跳蚤市場

保羅在草地上，鋪了一條有格子花紋的毯子，接著又跑回家，搬出裝玩具的箱子，以及他的零錢箱。

跳蚤市場開張嘍！

過了一會兒，琵雅走了過來，她付了十元買了一卷錄音帶，保羅很驕傲的把錢放在零錢箱裡。

之後，鄰居米勒太太來了；然後，一個牽著狗散步的小姐，還有馬場先生，大家都跟他買了一些東西。

一個小時之後，保羅的零錢箱裡一共有一百五十元，他賣的玩具，也只剩下一隻舊絨毛兔子。

對保羅來說，這些錢已經很夠了。

當他正準備收拾東西時，突然有個戴著帽子、身材矮胖的先生站在他面前。

這位先生拿起絨毛兔子，尖叫著說：「跳蚤！這隻兔子身上都是跳蚤！」

保羅嚇了一跳說：「抱歉，我不知這隻兔子身上有跳蚤！它一直都待在老房子裡。真的很不好意思，我現在就把它丟到垃圾桶裡。」

但是，這位先生卻搖搖頭說：「不用，不用，這樣子很好。忘了介紹我自己。我的名字叫皮卡多，是跳蚤馬戲團的團長。」皮卡多先生給了保羅五元，還在離去前悄悄告訴他：「孩子，你的跳蚤會變得很有名！」

保羅的媽媽從房子裡跑出來，驚訝的說：「我沒聽錯吧！你剛才賣掉一隻絨毛兔，是因為它身上有跳蚤嗎？」保羅笑著說：「當然嘍！因為這是跳蚤市場啊！你也想要幾隻跳蚤嗎？」媽媽趕緊搖搖頭。

呵呵，幸好媽媽不要，因為保羅已經沒有其他跳蚤可以給她了。

你也想在跳蚤市場賣東西嗎？當然不可以有跳蚤喔！

把天空照亮的魔法師

　　從前，有一位魔法師，他想跟公主結婚，卻被公主拒絕了。於是，魔法師派了一隻可怕的龍，把公主抓了起來，關在高塔裡。

　　那隻巨大又可怕的龍很認真的看守高塔，儘管公主想盡辦法逃走，但是龍總會再把她抓回來，關進塔裡。

　　魔法師每天都會到高塔底下，問公主願不願意嫁給他，可是公主每次都搖頭不答應，因為她一點都不喜歡這個又老又醜的魔法師。

　　現在，公主想和魔法師談判了。

　　公主告訴魔術師，她願意幫魔法師煮飯（事實上公主什麼都不會做）；公主也保證，可以送給魔法師很多錢（其實公主一毛錢都沒有）。

　　但是，魔法師只想跟公主結婚，因為只要他成為公主的先生，王國裡的每一個人都會認識他，這樣一來，他就可以變得非常有名。

　　公主繼續被魔法師關在高塔裡。她覺得很無聊，什麼事都不能做，只能看著森林和天上的星星。

　　有一天，當公主又坐在塔裡，看著夜晚的星空時，突然有一顆流星從天空劃過。公主想到一個很棒的點子！

　　過沒多久，魔法師又來到高塔底下，詢問公主相同的問題：「你現在願意嫁給我了嗎？」

　　雖然公主還是像以前一樣搖搖頭，但是這次她告訴魔法師：「我不想跟你結婚，但是，我可以讓你變得很有名。這樣，你願意放我走嗎？」

　　魔法師抬起頭，看著高塔上的公主說：「如果你可以讓我變得很有名，我就放你走，讓你自由。」

　　於是，公主把計畫告訴了魔法師。

　　幸好，公主還記得以前老師教她的東西，所有和星星有關的事，她全部都知道。

　　終於，在一個八月的悶熱夜晚，魔法師來到市中心的廣場，他告訴大家，他可以把黑漆漆的天空照亮。

村子裡的人一個個坐了下來，大家都安靜的看著天空。這時，魔法師輕輕的舉起魔法棒，立刻有一顆流星劃過了天空，在場的每一個人都覺得非常神奇。

　　接著，魔法師不停的揮動魔法棒，天空也不停的出現流星，村子裡的人整晚都待在廣場，好奇的看著他把天空照亮。

　　後來，魔法師變得越來越有名，而他也遵守諾言，放走公主。

　　這是因為公主知道，八月的夜晚會出現許多閃閃發亮的流星，所以，魔法師只要揮揮魔法棒，假裝這些流星是他變出來的就好。

　　而公主呢，她回到城堡，認識一位英俊的王子，跟他結婚，而且這位王子對成名這件事一點興趣都沒有。

　　請你拿一張深藍色的紙，用不同顏色的蠟筆塗畫，就可以畫出閃閃發亮的天空嘍！

海盜也會哭！

公園裡有一艘玩具海盜船，許多小孩在上面跑來跑去。

瑪雅站在海盜船的高塔上，假裝自己是船長，大聲發號施令：「把船的帆升起來！」

瑪雅和她的朋友雷歐，還帶了一個藏寶箱，其他小孩都很好奇箱子裡有什麼東西，可是那是祕密，不能讓別人知道。

雷歐海盜站在高塔下，對瑪雅招招手，大聲的說：「瑪雅，你把藏寶箱放下來！」。於是，瑪雅把藏寶箱綁上繩子，慢慢的放下來。

突然，有個女生撞了瑪雅一下，瑪雅的手一鬆，箱子就直接掉了下來，砸到雷歐的頭。

「唉唷！」雷歐痛得大叫。

瑪雅趕緊爬下高塔，檢查雷歐的傷勢。

糟糕，雷歐頭上腫了一個大包！

雷歐痛得放聲大哭，這時，旁邊有個媽媽告訴他：「嘿，海盜是不能哭的！」

瑪雅聽了很生氣，她兩手插在腰上說：「海盜有時候也可以哭，就像印第安人會哭，大人也會哭。」

這個媽媽看著瑪雅，一時之間說不出話來。她想了想，告訴瑪雅：「你說得很對，前幾天我也哭過。因為我開車撞到欄杆，嚇了一大跳。」

瑪雅點點頭說：「你看，我說得沒錯吧！」

瑪雅彎下腰，安慰小海盜雷歐，可是她忘了帶ＯＫ繃，沒辦法幫雷歐包紮，所以雷歐還是很難過的哭著。

她對著雷歐受傷的地方吹氣，並且唱著：「寶貝，寶貝，不要哭！」雷歐也慢慢停止哭泣。

這首歌比任何ＯＫ繃都有效喔！

你可以在膠布上畫一個骷髏頭，再加上一把刀，自己做一個海盜ＯＫ繃！

霧龍的銀色寶藏

　　小妖精培爾的家，在一座深色的湖泊岸邊。這座湖泊因為常常起大濃霧，所以一直讓人覺得很神祕。不過，小妖精培爾最喜歡大霧了！因為他聽過的許多故事裡，都有快樂的小仙子會在霧中跳舞。所以，培爾很喜歡坐在岸邊，對著霧許願，他總是這麼想著：「說不定，霧裡面的小仙子可以幫我實現願望！」

　　今天，培爾又坐在湖邊，小聲的對濃霧說：「我希望可以得到一個銀色的寶藏。」沒想到大霧突然間散開，有個綠色的東西靠近他，接著撲通一聲，那東西在培爾的腳前跳入了湖裡。

　　培爾嚇了一大跳說：「你是小仙子嗎？」

　　這個綠色的東西笑了笑：「我看起來像小仙子嗎？」

　　培爾聽了也笑了，因為這個東西既不小，也不溫柔，根本就不像小仙子；事實上，這個東西不只長得胖，還布滿了皺紋。

　　他用低沉的聲音說：「我是一隻霧龍，住在湖裡，喜歡在起霧的時候飛來飛去。可是，你一直在湖邊說話，這讓我覺得很困擾。你到底在說什麼啊？」

　　培爾的臉一下子就紅了起來，他很不好意思的說：「不好意思，我以為你是小仙子……。我剛剛是說，我想得到一個銀色的寶藏。」

　　霧龍舔了舔舌頭說：「一個銀色的寶藏？好，沒問題，你在這裡等一下。」說完，霧龍就消失在霧裡了。

　　過了一會兒，霧龍回來了，他交給培爾一個小箱子，並且說：「來，這是你要的寶藏。從現在開始，你可以不要再煩我了嗎？」

　　培爾驚訝的點點頭，於是霧龍很高興，又慢慢的爬回水中了。

　　培爾小心的打開箱子，裡面真的有一枚銀幣耶！

　　「謝謝你！」培爾對著湖泊大聲的歡呼。

　　培爾決定，以後起霧的時候，一定會保持安靜。

　　你看過很濃的大霧嗎？大霧看起來是不是很漂亮呢？

抬起海盜的屁股！

「嗯……可不可以把你的寶藏給我？」修里小聲的說。

海盜老師摩提無奈的搖搖頭說：「嘿，小伙子，你是怎麼搞的？你爸爸可是最厲害的海盜耶！可是你的樣子連一隻蚊子都嚇不了。來，再來一次！」

修里又小聲的說：「你，是不是可以，嗯，如果不太麻煩的話，把……。」

「唉喲，真是太糟糕了！」摩提聽不下去，一邊抱怨，一邊累得坐在甲板的繩子堆上。

突然，修里大叫：「不對！你瘋了嗎？你現在馬上給我抬起你的海盜屁股！快一點！快一點！」

摩提老師很驚訝，嚇得直發抖，立刻遵從修里的命令站起來。

過了一會兒，摩提笑著說：「對了，修里，就是這樣！你為什麼突然就能做到呢？」

修里彎下腰，對著那堆繩子說：「那裡有一隻小老鼠，你把牠嚇壞了。」

摩提聽了，氣得頭髮都豎起來了。他對著修里大吼：「就因為你要救一隻小老鼠，你就大叫嗎？你應該做的，是把船上所有的老鼠都趕走，或是把人丟到海裡！我看，你是永遠不可能成為一個海盜的！」

修里頭也不抬，溫柔的摸著小老鼠說：「不當海盜沒關係，其實我更想當動物管理員。」

這下子，摩提一句話也說不出來。

修里的爸爸是海盜船長，可是當他聽到這件事時，卻一點兒也沒生氣，反而驕傲的說：「修里是遺傳了他的爺爺。我的爸爸不是海盜，他是一名動物管理員。」然後用他的大手臂，抱起他最疼愛的小兒子。

長大以後，你想做什麼呢？是像你的爸爸、媽媽一樣嗎？還是想做一些別的事呢？

海盜琵雅想變成女王

　　琵雅是七座大海裡最勇猛的女海盜，她像三隻鯨魚一樣強壯，也像三隻鯊魚一樣勇敢，更像三隻章魚一樣野蠻。

　　琵雅海盜曾經打敗許多大船，她的海盜船上，也載滿了黃金。

　　而現在，琵雅還想成為女王。

　　此時，站在瞭望臺上的海盜大喊：「我看到國王的船了！」琵雅迫不及待的攀在船邊，望向海的另一端。

　　當海盜船靠近國王的船時，琵雅便下命令：「攻擊！」然後跳到國王的船上，其他海盜也跟在她後面，全都上了國王的船。

　　奇怪的是，國王船上的船員，完全都沒有抵抗海盜的突擊。

　　琵雅海盜走到國王的面前問：「你們為什麼都不反抗呢？」

　　國王把自己的皇冠戴到琵雅頭上，說：「你們想要搶我的黃金吧？那就請你們全部拿走。但是，請讓我們的船可以繼續往前開，因為我正在趕時間，我的國家需要我回去治理，我還有好多事情要做。」

　　琵雅海盜歪著頭、看著國王，忍不住問：「難道你整天都在工作嗎？」

　　「當然嘍！」國王這麼回答。

　　琵雅想了很久，然後從牙縫中吹出口哨聲，接著，她把皇冠還給國王，並且笑著對他說：「謝了，還給你，我不想當女王。我的黃金比你的還要多，你把船開回去，好好治理你的國家吧！」

　　她又嚴肅的看著國王說：「不過，你要好好的做，必須對你的人民很友善，否則，我會去你的國家找你，到時候，可就不好玩嘍！」

　　說完，琵雅笑著跳回自己的船上。

　　猜猜看，琵雅下次會搶到什麼東西呢？

　　你也是野蠻的海盜嗎？讓我看看你野蠻的表情吧！噢！真的很恐怖耶！

一起合作真好！

　　諾亞坐在幼兒園的桌子旁做勞作，他花了很大的力氣，才把鬍鬚黏在兔子的鼻子上。

　　現在，他又剪了一隻漂亮的兔子，正準備幫它黏上鬍鬚和尾巴。

　　「滾開啦！」突然，諾亞氣得大罵，因為有一根頭髮黏在他的手上。

　　「不可以喔！」艾曼紐老師說：「是什麼樣的小孩會說出不好聽的話呢？」

　　諾亞生氣的甩甩手，可是頭髮還是黏在他的手上。他沒好氣的說：「是我，而且我還要繼續說更多不好聽的話。」

　　老師搖搖頭說：「你最好去抱怨屋冷靜一下。」

　　諾亞跑出陽臺，衝進抱怨屋，他正在氣頭上，根本什麼都不在乎，還不斷的說出「討厭、可惡……。」這些不好聽的話。

　　諾亞氣到連他自己都想不出新的話來咒罵。

　　這時，有人敲門了。諾亞打開門一看，原來是他的同學瑪雅。

　　瑪雅說：「嘿，諾亞，我可以幫你黏兔子的鬍鬚和尾巴，請你幫我剪星星，好嗎？我不太會用剪刀……。」

　　諾亞笑了，因為瑪雅真的不太會用剪刀。

　　「好，我幫你。」諾亞說：「可是，我們不能讓老師發現。」瑪雅興奮的點點頭。

　　於是他們偷偷的溜回教室，互相幫忙，完成各自的勞作。

　　當艾曼紐老師回來的時候，諾亞拿兔子給老師看，老師稱讚他：「嗯，這隻兔子做得真好！」而當艾曼紐老師看到瑪雅的星星時，則很驚訝的說：「太好了，瑪雅，你的星星剪得真好！我就知道你做得到！」

　　瑪雅和諾亞眨了眨眼睛。有些事，他們真的可以做得很好。

　　你是不是很會用剪刀剪東西？還是你很會黏東西呢？說說看，你喜歡做什麼呢？

費妮的小房子

小妖精費妮剛搬進新房子,好不容易整理好了,終於可以舒舒服服的坐在家裡休息時,竟然有人用力撞了她的房子,讓整間房子都搖了起來。

「嘿!是誰這麼大的膽子,敢打擾小妖精?」費妮把頭從屋頂伸了出來,不過她的樣子看起來實在太有趣了!因為費妮的房子是一個倒立的花盆。

有隻小兔子站在花盆旁邊,牠疑惑的看著花盆,想著這個圓形的東西,是一朵小花嗎?

小兔子到處聞了聞,然後就跳走了。

費妮看到這一幕,用力的搖搖頭說:「不不不,這個花盆不能當作真正的家!」她把花盆踢倒,抓起被子、枕頭,以及亞加特奶奶的照片,快步的離開。

費妮轉頭看了看,心想:「這個花園真的很漂亮,到處都是花和蝴蝶。但是,哪裡才是小妖精費妮的家呢?」

抬頭一看,鳥屋裡已經住了小鳥;放在柵欄旁的澆花器好像不錯,但裡頭卻總是溼答答的。

咦,花園裡還有一個放鳥飼料的小箱子耶!

費妮爬進小箱子,躺在飼料上面,滿意的說:「嗯!這裡真的太舒服了!」她蓋上被子,把蓋子關上,留了一點小縫,讓空氣可以流進來。

然後呢?然後,有一個輕輕的打呼聲,從小箱子裡傳出來。噢,費妮睡著了!

你可以把一個小木球黏在小花盆的底部,用布做帽子,用繩子做手臂和腿,在末端綁上小木球當手和腳,然後塗上顏色。

嗯,一個小妖精就完成嘍!

真正的海盜派對

　　米莉很想參加瘋狂的海盜派對，但是，她只是一個小女生，根本不可能被邀請，只有高大的海盜才會出現在派對上。

　　有一天晚上，米莉和她的朋友湯姆，來到一間燈火通明，看起來很熱鬧的房子外面。他們爬上大木桶，從窗外看到房子裡有一群海盜，正高興的一起唱歌、跳舞，整間房子好像也搖晃了起來。

　　「嘿，竟然沒有找我們一起去慶祝！這不是很過分嗎？」米莉不滿的說，湯姆也同意的點點頭。

　　米莉提議：「走！我們去丟臭彈！」

　　他們兩個人跑到了穀倉，裡面有一個裝滿臭彈的箱子，而且那是特製的臭彈，比一般的臭彈還要臭，聞起來就像海盜的臭屁和口水。

　　米莉和湯姆悄悄跑回窗外，從窗戶的縫隙把臭彈丟進去。果然，馬上有海盜大罵：「可惡，是誰在這裡放屁？」

　　海盜們一個個從房子裡衝出來，米莉和湯姆則笑得在草地上打滾。

　　「我知道你們在搞什麼鬼！」米莉和湯姆很害怕的看著長鼻子船長，心想：「這下子糟了！」

　　沒想到船長竟然說：「我知道你們很想參加派對，這樣好了，你們下次也可以來。不過，今天有人在房子裡放了臭屁，所以我們沒辦法再進去開派對了！我猜，是老彼得做的好事。天哪，他的屁真可怕！」

　　船長笑了，米莉和湯姆也笑了。

　　他們決定下次不再丟臭彈，當然，也要躲開老彼得！

　　你也參加過海盜派對嗎？想想看，你需要準備什麼東西呢？

差一點點！

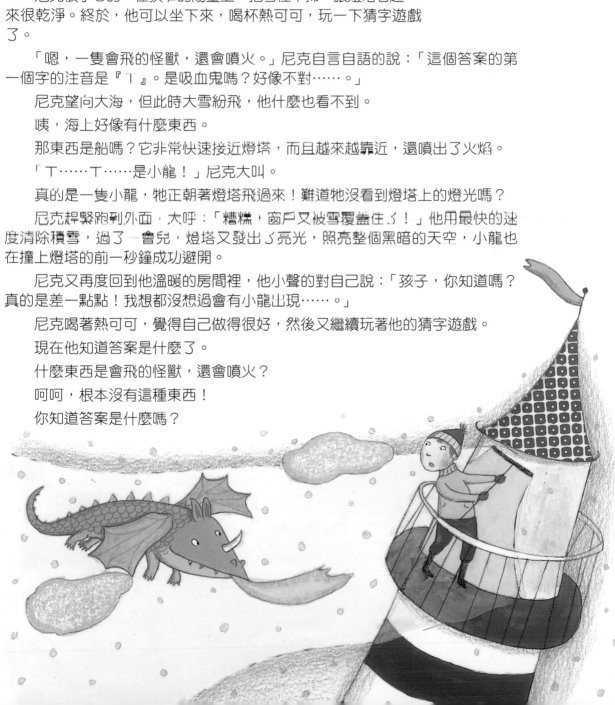

從前幾天就開始一直下著大雪。

尼克每隔一段時間，就必須擦拭燈塔的窗戶，否則雪馬上會覆滿窗戶，這樣一來，在大海中航行的船，就沒辦法看見燈塔發出的燈光。

尼克很小心的，在狹窄的陽臺上，把雪往下掃，讓燈塔看起來很乾淨。終於，他可以坐下來，喝杯熱可可，玩一下猜字遊戲了。

「嗯，一隻會飛的怪獸，還會噴火。」尼克自言自語的說：「這個答案的第一個字的注音是『ㄒ』。是吸血鬼嗎？好像不對……。」

尼克望向大海，但此時大雪紛飛，他什麼也看不到。

咦，海上好像有什麼東西。

那東西是船嗎？它非常快速接近燈塔，而且越來越靠近，還噴出了火焰。

「ㄒ……ㄒ……是小龍！」尼克大叫。

真的是一隻小龍，牠正朝著燈塔飛過來！難道牠沒看到燈塔上的燈光嗎？

尼克趕緊跑到外面，大呼：「糟糕，窗戶又被雪覆蓋住了！」他用最快的速度清除積雪，過了一會兒，燈塔又發出了亮光，照亮整個黑暗的天空，小龍也在撞上燈塔的前一秒鐘成功避開。

尼克又再度回到他溫暖的房間裡，他小聲的對自己說：「孩子，你知道嗎？真的是差一點點！我想都沒想過會有小龍出現……。」

尼克喝著熱可可，覺得自己做得很好，然後又繼續玩著他的猜字遊戲。

現在他知道答案是什麼了。

什麼東西是會飛的怪獸，還會噴火？

呵呵，根本沒有這種東西！

你知道答案是什麼嗎？

迷你小海盜來嘍！

　　溫蒂是個小妖精，也是這艘「鐵罐子船」的船長，說得更正確一點，她是個女的小妖精。

　　你可能不相信世界上有迷你小海盜，但我必須告訴你，溫蒂就是一個非常可怕的迷你小海盜！她的手下是一隻小老鼠和一隻螃蟹，牠們也非常的可怕。

　　有一次，海上一陣狂風暴雨，溫蒂他們三個跟著鐵罐子，被海浪沖到一艘大船上。船上的水手都非常怕小老鼠海盜，他們一動也不動的坐在角落裡發抖；當船上的水手想把螃蟹踢走時，螃蟹就用他的鉗子夾住水手的腳趾。

　　大船的船長看到這個情況，忍不住哈哈大笑，溫蒂就用彈弓瞄準著船長，發射小石子，把船長打倒在甲板上，而且痛苦的哀號：「唉唷！我的牙齒！這個小傢伙把我的牙齒打掉了！」

　　接下來，溫蒂和她的手下迅速的搶到兩顆巧克力糖，和一頂金色的皇冠，然後，他們便很快的回到鐵罐子裡，大船船長看到了，也趕緊用力的把鐵罐子丟回海裡。

　　雖然迷你小海盜降落在海上的時候，並不是很平穩，不過，他們覺得很驕傲，因為搶到了很多寶物。

　　你有沒有看過空的鐵罐子在海面上漂流呢？也許，這個鐵罐子就是迷你小海盜的船喔！

　　好好注意海上的鐵罐子吧！

　　你也可以做一艘船喔！準備一個空的牛奶盒，把它從中間割開，這樣牛奶盒就可以浮在水上。只要在牛奶盒上貼好船桅和船帆，船就可以開嘍！

格莉塔真勇敢

　　格莉塔是個膽子很大的女生，她和朋友卡拉常做一些瘋狂的事，像是用自己的手指頭餵鴨子、按了鄰居家的電鈴就跑走、從攀爬架上跳下來。

　　格莉塔的膽子真的很大，不過，這次她可不跟著卡拉一起做了……。

　　格莉塔和卡拉站在游泳池的跳水板上，那塊板子距離水面有一公尺高！

　　「快，格莉塔，不要當膽小鬼啦！」卡拉對著格莉塔大喊，然後就「蹦」的一聲跳進水裡。

　　但是，格莉塔並沒有跳下去，她從跳水板上爬了下來。

　　歐力和提米站在下面，調皮的笑著格莉塔：「膽小鬼，你是膽小鬼！」

　　卡拉推開他們，把格莉塔拉了過來，小聲的對她說：「你不要理他們！」

　　格莉塔很生氣的回頭，對歐力和提米說：「我只是怕我跳得不夠遠，會撞到游泳池的邊邊。」

　　當卡拉和格莉塔一起看其他男生跳水時，卡拉突然大叫：「我有個好辦法！」然後就跑走了。

　　過了不久，她帶了一個大大的星星回來，說：「這是我跟救生員借的，我們可以用這個星星來玩潛水。」

　　雖然格莉塔不懂卡拉在說什麼，但她還是跟著卡拉爬上跳水板。接著，卡拉把星星丟到游泳池的正中央。

　　「謝謝你，卡拉！」格莉塔大喊，現在她知道要往哪裡跳了！她看著星星，大叫：「咿比！」然後往下跳！

　　你也在游泳池裡玩過跳水嗎？是從游泳池的邊邊往下跳，還是從高高的跳水板上往下跳呢？

路卡真有兩下子！

爸爸躺在海灘的躺椅上，他問路卡：「你要不要去買冰淇淋吃啊？」路卡高興的歡呼：「當然要嘍！」於是，爸爸給了路卡一個銅板。路卡開心的接下，說了句：「謝謝。」就急著跑去買冰淇淋。

「不過，你要記住路喔！」爸爸大聲的說。

當然，路卡已經是五歲的大男生了！

路卡看看四周，在他們附近有人用沙子做了一個海星。

「嗯，我記住這個記號了！」然後，路卡便沿著木頭階梯往上跑。

喔喔，這裡到處都是人！路卡買了三球巧克力冰淇淋，可是現在他該往哪裡走呢？這裡有好多木頭階梯，每個都可以走到海邊。路卡的腿開始發抖，冰淇淋吃起來也沒那麼好吃了！

突然，有位太太走了過來，路卡馬上就認出她來，因為這位太太的海灘躺椅，就在他們的旁邊。

這位太太說：「來，我告訴你怎麼走！」。

但是路卡很猶豫，他說：「我爸爸說不可以跟陌生人走。」

這位太太聽了，點點頭說：「你說得很對。那我把路指給你看。你看，這些路旁都有不同的牌子，這條路的牌子上畫的是龍，那條路是魚。你下次要記得牌子上的動物。沿著這條牌子上畫著龍的路往下走，就可以回去了。」

路卡的眼睛馬上亮了起來，他對那位太太說：「謝謝你！」然後，很快的從正確的木頭階梯往下走。

階梯下真的有海星耶！

爸爸看到路卡，眨著眼睛問：「怎麼樣？你有找到路嗎？」

路卡滿足的舔著冰淇淋說：「當然！這很簡單啊！」

你也會認路嗎？你知道你住在哪一條街道上嗎？

兔子是划船高手嗎？

小妖精魯迪為了划船比賽，用樹皮做了一艘船，不過樹皮船好重，要把船拖到比賽的湖裡，實在太難了。

魯迪一邊喘氣，一邊拖船時，小兔子亨利從他旁邊跳了過去，頭上還扛著他的「船」。

「海綿？」魯迪對亨利大喊：「這個東西根本沒辦法浮在水面上，你一定會沉下去的！」但是小兔子亨利頭也不回的說：「OK啦！兔子是最棒的划船高手！」

魯迪終於把他的船拖到比賽的起點，但是這時候，也已經有很多動物等在那兒了。

甲蟲帶著核桃殼做成的船，蝸牛用自己的殼當船，松鼠的船是水桶，還有一對麻雀坐在舊鞋子裡，那隻鞋就是他們的船。

貓頭鷹裁判翹起尾巴，吹著哨子大喊：「預備，開始！」

魯迪開始拚命的划船，他划在最前面。但是，他看到小兔子亨利還在岸邊，而他早已跟著他的海綿船沉到水裡了！

魯迪想了想，反正他的樹皮船很大，而亨利還是隻小兔子寶寶。

「上來吧！」魯迪對著亨利大叫。亨利趕緊游了過去，一邊喘氣一邊說：「謝謝！」

魯迪嘆著氣說：「唉，我們現在這個樣子，是不可能贏的了！」因為他們的船，已經遠遠落後了。

亨利笑著說：「等著瞧吧！」他趴了下來，耳朵飛快的轉圈子，他的耳朵就像船槳一樣，在水裡快速划動著。

魯迪他們的船越划越快，甚至超越其他動物的船，第一個抵達終點！

「耶！」魯迪開心的大叫歡呼，而亨利的耳朵上則都是水。

魯迪笑著說：「兔子是最棒的划船高手！」

海綿吸滿了水，就會沉到水裡喔！你知道還有什麼東西，也會浮在水面上嗎？

Schneller!

祝海盜生日快樂！

　　派拉是海盜波茲漢的小女兒，她的爸爸是個非常有名的海盜，所以她可以破例登上海盜船，和海盜們一起出海，並且即將在船上過生日。

　　派拉已經在船上待了好幾個星期，也到過許多不同的地方，現在，船已經離家很遠很遠了。

　　今天就是派拉的生日，爸爸跟她約定好，晚上要送給她一個驚喜。

　　雖然派拉希望能得到璀璨的煙火，但是她的爸爸說：「我送給你的東西，比煙火還要棒！不過，你要再等一下，因為我不是很確定驚喜會在什麼時候出現。」

　　派拉聽了，興奮的到處跳來跳去。

　　終於，天黑了。爸爸帶著派拉來到船艙的下層，所有的海盜都為派拉唱生日快樂歌，不只送她禮物，還奉上生日蛋糕。

　　派拉高興的歡呼，不過，她還在等驚喜出現呢！

　　這時，舵手在甲板上喊著：「來了！來了！」

　　爸爸抱起派拉，說：「把眼睛閉起來！」

　　當海風吹拂過派拉的頭髮，她也睜開了雙眼。

　　「哇！」她小聲的驚呼。她看到周圍的海水，發出了閃閃的綠光。

　　爸爸輕聲的對她說：「這是會發光的水母。當牠們碰到船，就會發出綠色的光。」

　　派拉覺得這真是太特別了！她開心的說：「這真的比煙火還要棒！」

　　整個晚上派拉都坐在船尾，著迷的看著這些銀綠色的亮光。

　　這真的是很棒的海盜驚喜。

　　在德國的北海也有海上燈火喔！和你的爸媽上網查資料，看看那是怎麼一回事吧！

艾米爾是好騎士！

　　艾米爾站在城堡的塔樓上，而他的爸爸卻喘著氣說：「我的媽呀，怎麼這麼高？喔，我一定要休息一下！」

　　艾米爾拿著寶劍，在爸爸的鼻子前面揮來揮去，大叫說：「我是騎士，讓我來保護你吧，國王！」

　　接著，他從爸爸的頭上拿下皇冠，放在板凳上。

　　然後，他們往下看著護城河，這個時候，護城河的橋上擠了很多人。

　　突然，艾米爾看到在人群中有一隻小兔子。

　　艾米爾擔心的說：「爸爸，你看，那裡有一隻兔子耶！希望牠不會被踩到！」

　　他又望了一眼橋上說：「爸爸，我們快去救這隻兔子！來！」

　　於是，爸爸又喘著氣，跟著艾米爾沿著階梯往下走。

　　那隻兔子一直坐在橋上。

　　艾米爾小心的把兔子帶到草地上，而爸爸卻跑得氣喘吁吁。

　　他看著爸爸，笑著說：「哦，爸爸，我們把皇冠忘在塔上了。」

　　爸爸嘆了口氣說：「唉，你真是個倒楣的騎士！」

　　按照規定，小孩是不准自己爬上塔樓的，所以爸爸還是得跟著艾米爾，再次往塔樓上爬。

　　當他們爬到塔樓，拿了皇冠後往下走，來到草地上，爸爸已經累倒了！

　　爸爸喘著氣說：「兒子啊，你真是個特別的騎士。你救了兔子，但是卻把國王給累死了……。」

　　艾米爾咯咯咯的笑了。他拿了餅乾和果汁給爸爸，因為艾米爾是個好騎士！

　　你也可以爬很多階梯嗎？試試看，來回爬三次階梯。這可是很累人的喔！

天空中最亮的星星

「諾克斯，萬歲！」當小妖精諾克斯回到村莊時，大家都這麼歡呼。

諾克斯之前參加了一個很隆重的頒獎典禮，因為他在主演的電影《小妖精當家》中，有非常精采的表現，所以他獲頒一顆金色的星星。

村莊裡所有的小妖精都想當面跟他道賀，也想看看他得到的星星。

孩子們在諾克斯的周圍跳來跳去，他也驕傲的把星星舉得高高的，興奮的說：「那真是個很棒的頒獎典禮！」

其實諾克斯最想做的事，就是回家喝杯熱可可、睡個好覺，不過，他必須先告訴大家整個頒獎典禮的經過，其他小妖精才會放他回家。

當諾克斯好不容易回到家，卻只能累得癱在床上，而熱可可也要等到明天才能喝了。諾克斯把星星放在枕頭上，這樣的話，他一定可以做個好夢。

隔天一早，諾克斯就被一陣敲門聲吵醒。

他睜開眼睛，嚇了一大跳，因為在他的棉被上，停了兩隻蝴蝶和一隻大黃蜂；在打開的窗戶前，蹲著一隻老鼠和一隻松鼠；而當諾克斯睡眼惺忪的把房門打開時，一隻大野兔的巨腳出現在他眼前。「嗨，你好！我想看那顆星星。」野兔霍斯特說。他彎下腰，想把嘴巴塞進小妖精的房子裡看星星。

諾克斯用力的把野兔的鼻子推了出去，大叫著：「你這樣會把我的門弄壞的！」看來，諾克斯還是沒辦法好好喝杯熱可可，吃頓早餐了！他又得到處去展示星星了！

當諾克斯終於和好奇的兔子霍斯特，還有其他動物說完他的故事後，肚子也餓得咕嚕咕嚕叫，這真是喝熱可可的時候了！

諾克斯回到廚房，正在加熱牛奶時，又有人來敲門了！是那群妖精小孩。

他們對那顆星星非常著迷，對諾克斯那些有趣的事也百聽不厭。

「我的爸爸、媽媽等一下會來拜訪你。」有個妖精小孩說。

「我的爸媽也是。」另一個妖精小孩也這麼說。

諾克斯深深嘆了一口氣，鍋子裡的牛奶早就冷了。

「我受不了了！」諾克斯決定了！

他爬到屋頂，在煙囪上綁了一根桿子，然後把星星掛在上面。

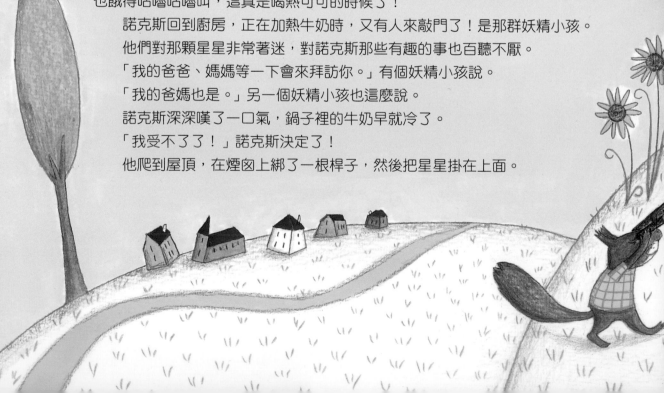

諾克斯對大家說：「現在，你們隨時都可以看到這顆星星了。我也終於可以安靜的喝我的熱可可了！」

這真是個不錯的點子！最棒的是，諾克斯自己也可以看到這顆星星。

當他喝熱可可的時候，可以從廚房的窗戶看見這顆星星；黑夜裡躺在床上，望著星空時，也可以看到這顆星星。

諾克斯覺得，當月光照在他的星星上時，這顆星星比夜空中所有的星星都更閃亮、更美麗。

剪幾顆閃亮的星星，掛在窗戶上，這就是你的月夜星空了！

獵龍人瑪莉拉

費歐娜的生日派對，是一個非常恐怖的萬聖節派對，有人扮成幽靈、巫婆來參加，瑪莉拉則化身為吸血鬼，拉法葉是胖胖的南瓜，頭上還戴著皇冠。

瑪莉拉很小心的看著每個角落，並問費歐娜：「你妹妹到底在哪裡？」因為費歐娜的妹妹曾經說過，她保證要在派對上嚇壞大家。

費歐娜聳了聳肩說：「哦，你不用管她啦！她說我的派對一定很無聊……反正她是嚇不了我的！」

雖然費歐娜不會被嚇到，但是膽小的瑪莉拉可就不是這樣了！她不只會被假蜘蛛嚇到，還會被畫在紙上的骷髏嚇到，就連用布做的蝙蝠都會嚇到她。

當瑪莉拉正要走到客廳的時候，走廊上的櫃子門突然打開，從門縫裡伸出一個龍頭。龍發出嘶嘶的聲音，用低沉的聲音說：「進來我的高塔，我要吃掉你！」

瑪莉拉嚇了一跳，「啪」的一聲，連忙把櫃子的門關上。

「唉唷！」櫃子裡發出一陣哀號，所有孩子都嚇得不敢亂動。

費歐娜忍不住哈哈大笑，接著，其他孩子也跟著笑了起來。

費歐娜抱著瑪莉拉說：「你好厲害喔！你打敗了壞龍，救了我們大家！」

這時，費歐娜的妹妹從櫃子裡爬出來，她揉著鼻子對瑪莉拉說：「你真是一個勇敢的女生！」然後就默默的走開，因為她現在已經沒辦法再嚇任何一個人了。

瑪莉拉則輕輕的喘了口氣，似乎也覺得她現在真的比以前勇敢了。

你曾經打扮成可怕的樣子嚇人嗎？如果沒有，你想打扮成什麼樣子呢？

海盜說話算話！

　　胖保羅以前是個水手，不過他後來年紀越來越大，就不再出海了。

　　他現在住在船屋，那是一間小房子，就像船一樣漂在水上，揚恩每天都會去那裡找他。

　　這天，揚恩又來了！他偷偷摸摸的靠近保羅，用海綿劍刺在保羅的背上。保羅笑著轉身，徒手和揚恩扭打，沒過多久，保羅就被扳倒在甲板上了。

　　揚恩神氣的大吼：「抓到你了！你這膽小的海盜！」

　　保羅乞求著說：「拜託，放開我，不管你要我做什麼事情，我都會答應。我是海盜，說話算話！」

　　揚恩笑著把劍拔開，沒想到就在這個時候，海綿劍從揚恩的手滑開，掉到水裡了。

　　「喔喔！」揚恩說：「你去幫我撿回來！」

　　保羅搖搖頭說：「可是，我不會游泳。」

　　揚恩感到不可置信，驚訝的看著保羅。

　　幸好，揚恩想到一個好辦法了。他找到一個小魚網，把劍從水裡撈起來了。

　　保羅咧著嘴，笑著對揚恩說：「做得好，你這個小海盜！」

　　可是，揚恩卻很嚴肅的看著保羅說：「你走著瞧吧，你這個老海盜！你說，你會做任何我想要你做的事。你聽好，我要你學游泳！」

　　保羅張大了眼睛問：「我？學游泳？」

　　揚恩點點頭說：「明天我有游泳課，你也一起來。水手一定要會游泳！」

　　揚恩是個很嚴格、讓人害怕的海盜，保羅只好乖乖聽命，因為海盜說話要算話。

　　你也想擁有一把劍嗎？你可以用海綿或厚紙板，自己做做看喔！

誰是新國王？

妖精王國的老國王要準備退休了，他打算選出下一任國王，把皇冠傳給他。

小妖精們都很興奮，他們聚集在海邊的岩石上，熱烈的討論著誰會成為新國王。

麵包師傅小妖精說：「最勇敢的小妖精可以成為新的國王。」警察小妖精也這麼認為：「對，沒錯！誰抓到大兔子，誰就能成為新的國王！」他們一整天都在談論這件事，因為他們每個人都想得到那頂皇冠，成為妖精王國的新國王。

除了小女妖克拉拉。

克拉拉獨自坐在岩石上，看著大海，她感覺到風越來越大，海上的浪花也越來越高。她對其他小妖精說：「好了，我們今天說夠了，回家去吧！」

有個小妖精生氣的說：「回去？你什麼話都還沒跟我們說，就要叫我們回去？」

可是，克拉拉不顧所有小妖精的反對，把大家全都趕回去村子了。

就在最後一個小妖精回到家、把門關上的時候，天氣馬上變得狂風暴雨，海浪也用力的拍打在岩石上。小妖精們從家裡的窗戶往外看時，都心有餘悸的說：「還好我們沒有一直坐在海邊的岩石上，這實在是太可怕了！」

第二天早上，暴風雨停了，小妖精們全都聚在克拉拉的家門口，他們輕敲克拉拉的門，並且把皇冠戴在她的頭上。

克拉拉驚喜的說：「是我嗎？女王？但是，我抓到的大兔子在哪裡呢？」

小妖精們都笑了，他們大聲的說：「國王不一定是最勇敢的小妖精，但一定要是最聰明的小妖精！」「是你保護了我們！萬歲！我們的新女王克拉拉！」

就這樣，小妖精們選出了他們的新女王，並且相信她一定可以把大家照顧得很好。

你覺得國王一定要會做什麼事呢？

隔壁的新安娜

安娜從奶奶家回去的時候，會經過一棟老房子，她非常喜歡這棟老房子，不過裡面已經好久沒住人了。

安娜會自己編故事，想像這棟老房子裡住著一隻龍。所以，雖然安娜很喜歡這棟老房子，但是她每次經過時，總是很快的跑過去。

可是，今天的老房子看起來有點不一樣。

當安娜停在老房子前時，窗戶突然亮了起來。

「喔喔！有龍！」安娜大叫一聲，用她最快的速度拔腿就跑。

她一路跑回家，接著對在廚房的爸爸大喊：「老房子裡住著一隻龍！」

爸爸笑著說：「這實在太棒了！我們可以馬上升火，把這隻龍烤來吃。」

安娜拉著爸爸的手臂，害怕的說：「不，是真的，你一定要去看看！」

爸爸牽著安娜的手，走到老房子門口按了門鈴，安娜則躲在爸爸的後面。

一開始很安靜；過了一下下，突然傳出「嘎嘎嘎」的聲音，門打開了！

安娜嚇了一跳，因為站在門口的是一個小女孩，不是龍！

安娜的爸爸說：「你好，我們是你的鄰居。你們才剛搬來這裡，對不對？」

小女孩點點頭說：「你們好，我叫星安娜。」然後指著畫在門鈴上的星星。

安娜笑著說：「我是陽安娜。」

爸爸說：「太有趣了，我們有兩個調皮的安娜。」兩個小女孩都笑了。

安娜補充說：「像龍一樣調皮。」

過了一會兒，兩個安娜便手牽著手，一起去烤肉。

你也編過故事嗎？再編個故事，說給你的爸爸、媽媽聽吧！

乖乖聽話是件傻事！

尼可和拉法葉正吵得不可開交。

「這是我的龍，走開！」尼可大叫，然後把拉法葉從攀爬架推下去。

「你給我等著，你這個推人的傢伙。」拉法葉也大叫。

他們兩個又推又打，一路滾過了草地，雷娜塔老師氣沖沖的從教室裡跑出來，對他們說：「你們兩個馬上分開！如果你們還要繼續吵架，我就要收回你們的星星。」

尼可覺得，這實在太沒道理了！

收集星星是雷娜塔想出來的點子。她雖然是實習老師，不過很快就會成為正式老師了。

雷娜塔老師規定，表現乖巧的孩子，就可以得到一顆星星，而調皮搗蛋的孩子，則會被沒收星星。只要集滿十顆星星，就可以得到一個驚喜的小禮物。

因此，幼兒園裡的每個孩子都在收集星星，而且已經有人得到禮物了！但是尼可和拉法葉，卻還沒得過小禮物。

雷娜塔問他們：「你們自己說該怎麼辦呢？要星星，還是不要星星？」

拉法葉非常生氣的說：「我不要星星！我一顆都不要！星星根本就很笨，當乖孩子更傻！」

尼可也同意的點點頭說：「沒錯，偶爾跟好朋友吵吵架，又沒有關係！」然後搭著拉法葉的肩膀，一起離開了。

尼可笑著說：「小孩子本來就會搗蛋，如果雷娜塔不學會這點，她就沒辦法當個好老師。」拉法葉聽了也點點頭。

現在，他們兩個已經開始在想，要怎麼對雷娜塔惡作劇了……。

你是不是也會做傻事呢？你做了什麼呢？

雅尼斯發現海盜寶藏

雅尼斯踩著海水，在沙灘上尋找貝殼。

咦，等一下，有個亮晶晶的東西！是什麼呢？

雅尼斯把手伸進海水裡撈啊撈，原來是個玻璃瓶，裡面還塞了一封信。他興奮的打開瓶塞，倒出瓶子裡的信，打開來一看，竟然是一張藏寶圖！

「媽媽！」雅尼斯大叫，想要趕快把藏寶圖拿給媽媽看。

藏寶圖上畫的是市立公園的地圖，圖的正中央畫了一隻龍。

「媽媽，你看！是龍在看守著寶藏耶！」雅尼斯驚訝的大喊。

媽媽笑著說：「不過，對你來說，龍根本不算什麼嘛！」雅尼斯也跟著笑了笑。

這一定會是個充滿冒險的尋寶之旅！

雅尼斯和媽媽一起穿過小城，來到公園，找到一座旁邊有隻石龍的噴泉。

雅尼斯仔細的研究噴泉，發現有一塊石頭是鬆動的；他將這塊石頭拉了出來，把手伸進洞裡一摸，開心的大叫：「有一個藏寶箱耶！」

這個木頭做的小藏寶箱裡，放了幾個巧克力錢幣，還有一頂海盜的眼罩。

雅尼斯高興的歡呼，還戴上海盜眼罩，就在這個時候，爸爸也來了。他站在雅尼斯旁邊，對他說：「兒子啊兒子，你真是一個厲害的尋寶高手！」

雅尼斯的眼神閃著光芒，驕傲的說：「我也這麼覺得。不過這對你來說，真的太難了！而且，我現在還是一個海盜喔！」

雅尼斯說完便戴著海盜眼罩，蹲在草叢中，一個接一個的吃著巧克力錢幣，還不停的說：「嗯，真好吃！」

在黑色紙板上剪一個圓圈，然後在兩側綁上橡皮筋，海盜眼罩就完成嘍！

紅龍整理房間

梅勒看著巴斯提的房間嘆氣：「唉唷，巴斯提，你真的很會把東西弄得亂七八糟耶！」

巴斯提點點頭說：「對啊，我爸爸說，如果我再不整理房間，晚上就會有紅龍來吃掉所有的東西。」

梅勒笑著說：「紅龍？爸爸亂說的啦！根本就沒有龍這種東西！」

巴斯提一聽，假裝生氣的大吼：「當然有！有一隻會吸走所有東西的暴龍！」

然後，他們兩個看著對方，大笑了起來。

「算了，我來幫你吧！」梅勒說完，拿了一個大垃圾袋和大紙箱，並向巴斯提解釋：「把垃圾放在這個垃圾袋裡。」

等巴斯提收完垃圾，梅勒接著說：「把騎士城堡和你喜歡的玩具，放在櫃子上；小丑、騎士的衣服和劍，放進玩具箱裡；你平常不玩的玩具放進這個大紙箱，然後再把紙箱放在貯藏室裡。我媽媽昨天也是這樣整理我的東西。」

巴斯提驚訝的看著梅勒，說：「為什麼要放在貯藏室？我爸媽不准我在貯藏室裡玩玩具的！」

梅勒看著巴斯提說：「沒錯！我媽媽說，如果後來你又想玩這些玩具，可以再把它們從貯藏室裡拿出來，剩下的，就全部拿去跳蚤市場賣掉。」

巴斯提聽了之後跳起來說：「好啊！我是吃玩具的暴龍，給我一點玩具吧，小女孩，不然我就把你吃掉！」他把大垃圾袋放在嘴巴前面，梅勒則把過期的棒棒糖丟進去。

他們兩個不停跳來跳去，互相吼來吼去，這實在是太好玩了！

到了晚上，紅龍來了，但是卻找不到任何可以吃的玩具。

你們家也有紅龍嗎？牠在你的房間可以吃到什麼東西呢？只有吃到灰塵，還是偶而會吃到一塊忘記收的積木呢？

「嘎啦嘎啦凱特號」的警報

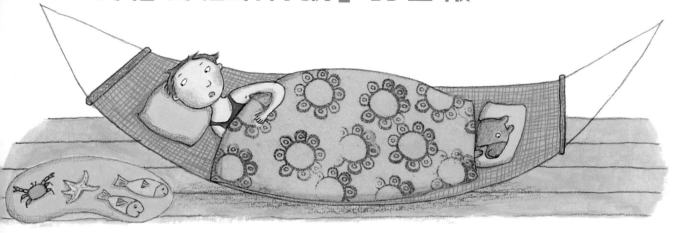

　　雅尼克是「嘎啦嘎啦凱特號」船上的小海盜。凱特號是一艘老船，所以當風輕輕吹過海面，船就會發出嘎啦嘎啦的聲音。

　　雅尼克很喜歡這個聲音，這會讓他睡得很好；這時如果他的吊床再來來回回的搖著，他會睡得更香甜安穩。

　　夜晚，所有的海盜都睡在自己的吊床上，安詳的打呼，只剩舵手還待在甲板上。雅尼克閉上眼睛，聽著這些「嘎啦、嘎拉、嘩啦、嘩啦……」的聲音。

　　「咦，嘩啦嘩啦？」雅尼克突然張開眼睛，覺得有點不太對勁，因為在「嘎啦嘎啦凱特號」上，從來沒有出現過「嘩啦嘩啦」的聲音呀！

　　雅尼克低頭看了一下甲板，甲板上有一顆星星！

　　「一顆星星？」雅尼克揉了揉眼睛，難道這是在作夢嗎？不，是真的，甲板上真的有一隻海星，旁邊還有兩條魚、一隻螃蟹。

　　雅尼克著急的大喊：「船進水了！」

　　其他海盜聽了，馬上嚇得從床上跳了起來。他們很快就找到船身漏水的地方，那是因為木頭爛掉而裂開的洞，足足有一個腳掌那麼大。

　　海盜們趕緊拿了布把破洞塞住，再拿木板釘在上面。

　　海盜船長則宣布：「往下一個港口前進！這艘船要好好的修理修理，這樣的情況可不能再發生了！謝謝你，小傢伙！」

　　雅尼克很開心，他笑著說：「幸好發現得早，不然的話，我們的船就要改名為『沉船凱特號』了！」

　　所有的海盜都笑了，也鬆了一口氣；而雅尼克得到了一個獎勵，那就是可以把他的吊床掛在船尾。

　　因為在船尾的吊床，搖得幅度最大，也最舒服。

　　你也曾經躺在吊床上嗎？搖來搖去一定很舒服吧！

對，法蘭絲就是喜歡這樣！

　　小妖精法蘭絲最喜歡住在海邊，她和家人已經住在海岸邊的木橋下很久了！

　　他們的房子是用繩子吊起，垂掛在橋下，所以如果有船開進港口，或是有人從木橋上走過去，房子就會搖晃得很厲害。

　　法蘭絲非常喜歡她這個會搖搖晃晃的家。

　　法蘭絲的妖精爺爺以前到過很多國家去旅行，她很喜歡聽爺爺講故事。爺爺說的故事裡，常常會出現可怕的怪獸，像是會發出「咻！呼！」聲音的恐怖大胖鳥；或是長得像顆球、渾身都是刺的小動物；甚至還有不停跳上跳下、耳朵非常非常長的動物。

　　不過，法蘭絲並不相信爺爺說的每一個故事，誰知道爺爺是不是真的都看過這些動物呢？

　　有一天，當法蘭絲在木橋上爬來爬去時，看到水裡有個東西。這種情況以前也常發生，有時候，她還會把水裡的東西撈出來呢！

　　法蘭絲仔細的看著水面，那是個會發出金黃色亮光的東西，而且，它有兩隻非常非常長的耳朵！

　　就是爺爺說過的那種動物耶！

　　法蘭絲拿了一個網子，小心的把它從水裡撈出來，帶回家給爺爺看。

　　「爺爺！爺爺！你看我撈到什麼東西了！」法蘭絲大叫。

　　妖精爺爺驚訝的說：「是啊，你看看這是什麼東西！法蘭絲，你撈到了一隻兔子！」

　　法蘭絲點點頭說：「不過，它好像不會動。」

　　妖精爺爺笑著說：「這一點都不奇怪啊！因為這根本不是真的兔子，這是巧克力做成的兔子！」

　　「唷呼！太棒了！」於是，法蘭絲坐在紅色的妖精大沙發上，高興的啃著兔子耳朵。

　　沒錯，法蘭絲就是喜歡這樣！

　　你一定也喜歡巧克力，是嗎？

在北極的小驚喜

有一個名叫伊達的小女孩，她住在北極的海邊，一個因紐特人住的小村子裡。北極的天氣非常寒冷，整個村子一年到頭，幾乎都被白雪覆蓋住。

村子裡的每個家庭，都有拉雪橇的雪橇犬，雪橇犬除了會拉雪橇，還會看守房子。

雖然伊達很喜歡狗，但是她更喜歡小兔子，她好希望能得到一隻小兔子！不過，北極沒有草地，而且一點都不溫暖，根本很難得會看到兔子。

有一天晚上，伊達站在房子的後院，她抬起頭看著天空，發現天上有一顆星星特別明亮，就在這個時候，突然有顆流星，從深藍色的天空劃過去！

伊達用盡所有的力氣，對流星許了一個願望——她希望能得到一隻兔子。

這個願望會實現嗎？

隔天，常伊達在後院幫媽媽晒衣服時，一個白色的東西很快的從柵欄邊跑過去。伊達走到院子的門邊，蹲下來想看看，剛剛是什麼東西在跳來跳去？

喔喔，伊達愣住了！因為有一隻白色的小兔子，正慢慢的跳過來，牠是一隻雪兔！

伊達立刻脫掉手套，把手伸向小兔子，小兔子也好奇的湊過來，用鼻子嗅一嗅、聞一聞！

伊達慢慢的走進房子，拿了一根胡蘿蔔，小兔子正在院子裡乖巧的等著呢！然後從伊達的手裡咬走胡蘿蔔，開心的啃著。

伊達看了，也高興的笑著。

流星真的幫她實現願望了！

你也看過流星嗎？你最想許什麼願望呢？

當騎士一點都不難

什麼事都難不了小妖精利努斯！

他跳過小河，爬過最高的樹，還曾經很勇敢的在最黑暗的洞穴裡爬行。

只有一件事他做不到，那就是騎在松鼠的背上。可是，這件事對其他小妖精來說卻非常簡單！

利努斯不知道為什麼，總是會從松鼠的背上掉下來。

小松鼠們也知道這件事，所以牠們最喜歡捉弄利努斯了。

當利努斯爬到牠們身上的時候，牠們就故意胡蹦亂跳，或用毛絨絨的尾巴搔利努斯的癢，於是，利努斯必須用手把尾巴撥開，但是這麼一做，他就會摔下來。

尤其是今天！他特別不順利，所有的小妖精都在嘲笑他。

利努斯覺得很丟臉，他很生氣的大吼：「你們這些笨蛋妖精！」然後爬回他的洞穴裡。

他再也不要像其他小妖精那樣去騎松鼠了！

一直到黃昏，利努斯才從洞穴裡爬出來，然後跑到他最喜歡的地方——老妖精塔。利努斯很快的沿著樓梯往上爬，他越爬越高，可是腳步卻越來越緩慢，因為他聽到塔頂發出奇怪的聲音。

難道塔頂已經有人在那裡了？而且這個人正在打呼。

利努斯輕輕的打開塔門，慢慢的往前走。

「糟了，是一隻龍！」利努斯很快的跑回塔門！

太慘了，門已經關上了……。

更慘的是，這隻龍醒了……。

龍問他：「你在這裡做什麼啊？」

利努斯好緊張，動都不敢動，顫抖著說：「我是來看星星的！我要數一數天上有幾顆星星。嗯……一顆星、兩顆星、三顆星……四百萬顆星。我數好了，現在我要走了。」

利努斯推了推門，正想逃走時，這隻龍卻笑了：「我還從來沒看過，有人可以這麼快的數完天上的星星。你真是個有趣的傢伙，你到底是誰？」

利努斯害怕的靠在門上，小聲的說：「利努斯。」

龍用低沉的聲音回答：「你不需要害怕啊，利努斯。你可以跟我玩啊！」

利努斯全身發抖，看著龍說：「玩？這是什麼意思？你要把我吃掉嗎？」

龍笑著說：「不會啦，我不喜歡吃妖精。我想，我們可以到處飛來飛去，嚇一嚇那些松鼠。」利努斯好奇的看著龍——去嚇松鼠？這真是一個好點子！

利努斯說：「這聽起來很不錯！但是……我不太會騎動物耶！」

龍轉頭跟他說：「你當然會騎！你只要好好坐在我的背上，用手抓緊我背上突起的刺就可以了。」

於是，利努斯小心的爬上龍的背，他抬起腳，坐在刺和刺的中間。

真的沒問題耶！這些刺就像馬鞍一樣，坐起來非常安穩。

龍大聲的說：「坐好囉！出發啦！」利努斯很興奮的大叫，龍也笑了。

龍站了起來，張開翅膀，帶著利努斯飛上天空。

利努斯驚呼：「我飛起來了！嗬呼！」

龍載著利努斯在森林的上空飛了幾圈，然後穿過森林，小松鼠看到了，全都嚇得躲回樹洞裡；其他小妖精也驚訝的看著天空，在那裡飛的，真的是他們的朋友利努斯，而且，還有一隻龍！

現在，再也沒有人敢嘲笑利努斯了。

反而是利努斯和龍在笑，因為他們覺得有趣極了！

你也想騎龍嗎？把你的被單摺起來，變成龍的身體，然後你就可以坐上去了。

祝你一路順風喔！

風暴小妖精艾拉

　　小妖精艾拉依偎在媽媽的懷裡，此時外面正在狂風暴雨，連天不怕地不怕的海盜，也都嚇得爬進船艙裡面。

　　不過，艾拉卻一點也不怕，她還很喜歡暴風雨呢！

　　「媽媽，說以前發生的事給我聽。」艾拉輕聲的說。

　　媽媽點點頭，溫柔的說：「有一個晚上，外面吹著狂風，下著大雨，船被風雨吹打著，不停的搖過來晃過去，站都站不穩。我肚子裡的妖精寶貝，就快來到這個世界上了，可是，海浪這麼凶猛，我該怎麼辦才好呢？

　　我試著抓緊船身想站好，但是船實在搖晃得太厲害了。我越來越生氣，然後走到甲板上，站在雨裡大吼：『你們給我停下來！這樣的天氣，怎麼生妖精寶貝呢？』不管你信不信，當我話一說完，雨停了，風也停了。然後，一個小小的妖精女孩出生了，那就是你！

　　你張著大大的眼睛看著我，而我則抬頭看著天空，輕輕的說：『非常謝謝你們！』結果，在黑漆漆的天空中，突然出現一顆新的星星，那是屬於你的星星，它會賜給你勇氣和力量。」

　　雖然艾拉已經聽了好幾遍這個故事，但她還是覺得很神奇，這就是為什麼她會那麼喜歡暴風雨的原因。

　　因為她本來就是個風暴小妖精啊！

　　你出生的時候，天氣是怎麼樣的呢？讓媽媽也跟你說說那時候發生的故事吧！

聰明的兔子妹妹費妮

「費雅，你不可以帶兔子出去，外面太冷了！」爸爸警告著。

費雅回答：「唉唷！只要一下下就好了嘛！」

費雅想讓小兔子費妮也可以看看天上的星星。因為爺爺上星期六，跟她介紹了天上的星象。費雅抱著費妮，指著天上的星星說：「費妮，你看！那顆很亮的星星，就是北極星。」可是費妮卻老是動來動去的。

費雅好喜歡星星喔！當她把眼睛瞇起來的時候，星星的亮光看起來，就像煙火一樣閃耀！不過，費妮可不想乖乖的待在費雅的手中，一動也不動。

喔喔，牠從費雅的手裡跳到草地上了！

「費妮，快回來！」費雅嚇得大叫。這時外面非常黑，費雅怎麼樣也找不到費妮。

於是，費雅很快的跑回家，打開露臺上的燈。

爸爸問：「怎麼了？」

費雅嘆了口氣，內疚的說：「費妮跑走了……。」她心想，等等一定會被爸爸罵！

可是，爸爸一句話也沒責備她，反而跟著她走到外面，一起幫忙找費妮。

突然，媽媽在房子裡大叫：「我實在不敢相信！費雅，快回來！你看看兔子在沙發上做了什麼事？」費雅驚喜的看著爸爸，立刻往家裡跑，一回到家，就看到兔子費妮正窩在沙發上呢！費雅大叫：「原來你在這裡啊，我的兔子妹妹！」然後把小兔子緊緊的抱在懷裡。

爸爸說：「多聰明的小兔子啊！看來，牠很清楚牠的家在哪兒嘛！」

費雅聽了點點頭，輕輕的說：「謝謝你，爸爸！」

試試看瞇著眼睛，看看其他的燈光，例如：天花板的電燈、夜燈、蠟燭……。你發現什麼不一樣的地方了嗎？

可怕的野孩子漢尼斯

歐嘉奶奶正準備喝第二杯咖啡的時候，有人敲著窗戶，她覺得很奇怪，於是彎著腰，把身子探出窗戶，看到有個小男孩坐在她的花園裡，身上穿著破掉的背心，腰帶上還掛了一把刀。

「喔喔，你一定是海盜！」歐嘉說。

小男孩點點頭，說：「你可以叫我野孩子漢尼斯。」

歐嘉奶奶問他：「你想進來吃塊蛋糕嗎？」「好啊！」這正是漢尼斯想要的。

不過，他當然不會從門口走進去，海盜一定要從窗戶爬進去的呀！

野孩子漢尼斯大喊：「快點把蛋糕拿過來！還是，你要我先揮揮我的刀子呢？」

歐嘉奶奶假裝害怕的搖搖頭，並且立刻遞給他一塊蛋糕。

漢尼斯一邊大口吃著蛋糕，一邊說：「我還要搶點什麼東西好呢？我可是個可怕的海盜喔！」

歐嘉奶奶點點頭說：「你當然是！」於是，她翻找著廚房的抽屜，交給海盜一個鑲著鑽石皇冠的金戒指，那只戒指在陽光下閃閃發光，漂亮極了！

「正是這個！」漢尼斯粗聲粗氣的說：「這樣，我就不必破壞你的船了，老奶奶。」說完，漢尼斯臉紅了，因為真正的海盜，說話可沒這麼客氣！

他馬上改口說：「嗯，我的意思是說，你這個陌生的太太。」

歐嘉奶奶笑著說：「你喜歡這只戒指，那我就放心了！」

漢尼斯也笑著收下玩具戒指，這是前幾天，他和歐嘉奶奶一起在扭蛋機抽中的。

然後，漢尼斯從窗臺跳了出去，大聲的說：「再見，勇敢的太太！下次見！」

歐嘉奶奶也跟他揮揮手說：「再見了！可怕的野孩子漢尼斯！」

或許，你下次也可以跟爺爺、奶奶一起玩海盜搶東西的遊戲喔！

大膽的雷妮

小妖精雷妮宣布：「我要造一艘龍船。」

其他小妖精問她：「那是什麼啊？」

雷妮回答：「就是一艘前面有龍頭的船啊！只要敵人看到這艘龍船，就會感到很害怕！」

小妖精聽了，都笑著說：「是什麼樣的敵人呢？在這個森林裡，我們根本沒有敵人啊！而且，我們一點也不需要船。」

雖然大家都這麼說，但是雷妮還是繼續打造龍船。

「嗯，這隻龍看起來真勇猛耶！」雷妮一邊說，一邊把龍頭固定在她的小船上，並且把這艘船停在房子前面。

幾天之後，有個妖精警察跑來對雷妮說：「森林裡出現了一隻貓！雷妮，你可以用你的龍船把貓嚇跑嗎？」

於是，小妖精們合力把雷妮的龍船推到村子前面，然後躲起來。

雷妮探出頭查看，貓真的來了！但是雷妮一點也不怕，因為她知道，貓根本不會吃小妖精。

雷妮招了招手，把貓叫了過來。貓聞了聞龍頭，然後，再看看雷妮。

突然，雷妮有個好點子，她大叫一聲：「哇！」貓被她嚇了一大跳，往後跳了一大步，轉身逃走了。

所有的妖精都從房子裡跑出來大聲歡呼，妖精警察也稱讚的說：「雷妮，你的龍船真的把貓嚇走了！」

後來，所有的妖精都在他們的房子前面裝了龍頭。

至於雷妮呢？她只是抿嘴偷笑，因為她知道，真正嚇走貓的是誰。

畫一個龍頭，或在報章雜誌上找一個龍頭，把它剪下來，貼在一艘紙船的前面。這就是你的龍船喔！

小美人魚莉莉

　　莉莉坐在她的小充氣游泳池裡，用一條大毛巾把腳包起來，當作魚尾巴，假裝自己是一隻美人魚。

　　她慢慢的轉身，免得皇冠從頭上掉下來，然後陶醉的說：「啊，今天早上的大海是這麼的清爽！」

　　莉莉輕快的唱著：「小魚兒來這兒，人魚姐姐唱歌給你們聽。」不過，當然不會有魚游過來。

　　可是，卻有別的東西過來了。

　　莉莉輕輕的笑著說：「哦，有一個陌生的訪客。請問你在海裡做什麼呢？你的船在哪兒呢？」

　　一隻小兔子沿著樹叢跳了過來。莉莉暫時停止呼吸，怕嚇到小兔子。

　　她小小聲的說：「哈囉，小兔子！」小兔子也抬頭看了看她。

　　突然，莉莉發現兔子有個紅色的腳環，她恍然大悟的說：「喔喔，原來你不是野兔。你一定是我們鄰居家的寵物。」

　　於是，莉莉站了起來，抱起兔子，帶著牠到鄰居家按電鈴。

　　鄰居開了門，看見走失的兔子，高興的把牠抱在懷裡，笑著說：「嘿，你這隻調皮的兔子終於回家了。」

　　鄰居看了莉莉一眼，發現她全身都溼透了，而且頭上還戴著皇冠，便問她：「嗨，小美人魚，我的兔子應該沒有跑到海裡去吧？」

　　莉莉笑著說：「牠當然跑到海裡去嘍！只不過，是一個小小的海。」

　　然後，小美人魚莉莉又蹦蹦跳跳的唱著歌回家去了。

　　你想裝扮成一隻美人魚或帥哥魚嗎？別忘了要戴上防水的皇冠喔！

驚奇蛋

媽媽給了尤斯特三顆驚奇蛋，他搖了搖，想要知道哪一顆蛋裡的玩具是最棒的。嗯……有兩顆蛋搖起來是沙沙沙的聲音，這麼說的話，第三顆蛋裡面也許是厲害的玩偶。

尤斯特回到了花園，他的朋友大衛和麥可正在等他。於是，尤斯特把第三顆蛋留給自己，其他兩顆送給他的朋友。

他們三個人很快的打開蛋，吃掉巧克力。

麥可興奮的大叫：「我得到的是一艘可以組合的船耶！」

大衛也很高興的說：「我得到的是一個海盜。」

尤斯特笑了，他覺得他一定會得到很厲害的玩偶，但是，當他打開蛋一看，他的蛋裡面，只有一個看起來很蠢的玩具塔。

尤斯特氣壞了！他把玩具塔丟到花圃裡，羨慕的看著大衛和麥可正用他們得到的玩具，開心的玩著海盜大戰。

尤斯特的媽媽看到了，有點不高興的說：「等一下，孩子，你不可以這麼做。」

尤斯特只好嘆口氣，把玩具塔從花圃裡撿出來，拿給媽媽，然後很生氣的說：「這個給你！你可以把它拿去丟了！」

媽媽接過這個塔，再看了一下附在上面的說明書，神祕的笑了。她小聲的說：「你看這個。如果你用手指頭壓一下塔的下方，塔頂就會打開。這是個祕密的藏寶基地，裡面有一枚金幣。」

尤斯特趕緊試試看。真的耶！裡面有一枚金幣！

他拿著玩具塔，跑到大衛和麥可旁邊，高興的說：「我也要一起玩，我這裡有寶藏喔！那個想偷走寶藏的海盜在哪裡呀？」

沒過多久，花園就變成野蠻的海盜戰場了。

你可以在驚奇蛋的塑膠殼裡裝進不同的東西，例如：草、石頭、沙子等，看看蛋什麼時候會浮在水上，什麼時候又會沉下去？

逃出惡龍森林

從前從前，有一座巨大的惡龍森林，那裡的每一隻龍，都擁有一個很大的洞穴，來當作自己的家。

龍抓了很多小妖精當他們的僕人。這些被抓來的小妖精很可憐，不但要幫龍洗澡，幫他們把背上的鱗片擦得光亮，還要打掃他們居住的洞穴，所以，經常有小妖精想逃走。

但是，龍總是有辦法再把他們抓回來，而且，龍還偷走了妖精國王的皇冠，沒有了皇冠，小妖精就再也不能變魔法了。

這一天，小妖精們在森林裡舉辦了聚會，一個小妖精站出來說：「昨天，我聽到龍主人說，他們的鼻子非常敏感，所以要我們常常幫他們清潔鼻子。而且龍如果聞到很臭的味道，就會馬上昏倒。這真是個天大的好消息啊！」

於是，所有小妖精立刻跳進爛泥巴裡，他們不停的大笑，還穿著靴子，踩在臭氣沖天的大便上。

原來，這裡是龍的廁所，位在森林的邊緣。

當小妖精回到龍的洞穴，龍在很遠的地方就受不了的說：「是什麼東西那麼臭？小妖精，你們趕快把自己洗乾淨。這味道實在是臭得不得了！」

然後，龍便一隻接著一隻的昏倒，小妖精們也趁機把皇冠搶回來，離開了森林。

離開惡龍森林之後，小妖精們高興的跳進河裡洗澡，把自己洗得香噴噴、乾乾淨淨的。

他們再也不用為任何一隻龍打掃了！

從此之後，小妖精們都會很仔細的洗澡，因為他們自己也受不了可怕的臭味……。

你看過牛糞嗎？聞過牛糞的味道嗎？你覺得什麼東西是最臭的呢？

不放棄的汪達

汪達是個維京村落裡的小女孩，她今天很高興，因為她終於可以跟著其他維京人出海了。

維京人造了一艘新船，有一座塔那麼高，上面張了藍白色的船帆，船頭則有一個很大的龍頭，看起來非常雄壯威武。

此時，維京人正把他們需要的東西搬上船，並叮嚀著：「要快一點喔，汪達！」

維京人會用一條很長的繩子拖著船，並在船的下面放置滾木，讓船藉著滾木的輔助，合力把船拖到海裡去。

汪達在出發前，跑到她最喜歡的那棵樹前，想要和樹道別。

她不停的往上爬，一直爬到樹的最頂端，然後輕聲的對樹說：「你看那裡，那艘船，還有上面的龍。我今天晚上可以和他們一起上船了！現在，我是一個真正的維京人了！」

「嘿唷！嘿唷！」這時，傳來維京人大喊的聲音，他們就要把船拖到海裡了。

汪達害怕的想：「糟糕，他們會丟下我的！」

而且就算她馬上爬下樹，跑到船那兒，也一定會來不及。

突然，汪達在樹上發現一條長繩子。她打了一個繩套，再往空中一丟，正好套到船的龍頭上。

汪達把繩子的另一端固定在樹幹上，然後解下腰帶掛在繩子上，兩手拉著皮帶，「咻」的滑到船上。

「唷呼！」汪達一邊大叫，一邊笑著從龍頭上跳下來。

現在，只要把綁在龍頭上的繩子解開，就可以出航了。

而其他維京人都很好奇，為什麼船會被綁在樹上呢？

嘿嘿，汪達當然不會告訴他們！

你呢？你也希望有一天能坐在維京人的船出海嗎？你夢想的船是什麼樣子的呢？

兔子遇見海難

佩歐站在一艘小遊艇的船頭，望著大海，覺得很享受；他的媽媽站在旁邊，也覺得很棒。可是，佩歐的爸爸卻坐在船艙裡，因為他身體不舒服。

佩歐對著手上的絨毛兔子說：「走，我們去看爸爸有沒有好一點！」

佩歐走下樓梯，此時爸爸正背對著窗戶。他敲了敲窗戶，拿出絨毛兔子，跟爸爸揮揮手。

突然，兔子從佩歐的手中滑落，掉進海裡了。

佩歐急得大叫：「我的兔子掉到海裡了！」

船長馬上跑過來問：「有乘客落水了嗎？趕快關掉所有引擎。」

接著，船晃動了一下，所有船員都緊張的跑來跑去。後來他們才發現，原來沒有人落水，而是一隻絨毛兔子掉到海裡了。

船長跑過來找佩歐，問他：「剛才是不是你在大叫？」佩歐點點頭。

於是船長又說：「小男孩，你不可以因為你的絨毛兔子掉了，就這樣大吼大叫。」

佩歐生氣的看著船長說：「為什麼不可以？它對我來說，是全世界最重要的絨毛兔子啊！」雖然船長也能了解佩歐的心情，但他還是說：「可是，我們沒有辦法救它，我甚至不知道它長得什麼樣子。」

這時，一艘帆船停靠了過來，船上的人大喊：「哈囉！我們剛剛把它從水裡撈起來。是你們掉的嗎？」然後舉起一個咖啡色、溼答答的東西。

佩歐看了，大聲的叫：「是我的兔子！」那個人便把兔子丟過來，佩歐也一把接住了。佩歐開心的說：「謝謝你！」

船長摸了摸佩歐的頭說：「現在一切都沒問題了，小水手！」佩歐點點頭。

然後，他把絨毛兔子交給爸爸，因為爸爸一定不會靠近船邊，兔子也就不會再掉下去了。

你曾經把你的絨毛玩具搞丟嗎？你有找回它們嗎？在哪裡找到的呢？

給所有小孩的房子

今天，攝影師到幼兒園來拍照。他先幫每個孩子拍獨照，接下來，則要幫大家拍團體照。

攝影師說：「如果你們大家可以一起爬到某個東西上，我覺得這樣拍出來會很好看。你們想在船上、塔上，還是在沙坑裡拍照呢？」

「在塔上！」妖精組的孩子大叫。

「不，在船裡！」海盜組的孩子有別的意見。

但是，沒有人想在沙坑裡。

海盜組的羅賓說：「小妖精也可以待在船上。」

妖精組的拉拉反駁說：「海盜也可以站在塔上呀！」

不過，小花組的孩子一句話也沒說，因為他們根本沒辦法在花叢裡爬上爬下，好讓攝影師拍照。

攝影師搖搖頭說：「這樣爭執下去也不是辦法。有沒有人有更好的點子呢？」

於是，有個小花組的孩子走上前說：「我們大家可以坐在草地上，排成一間房子的形狀，攝影師要爬到塔上幫我們拍照。我們排出來的房子，就是我們的幼兒園。我覺得這樣拍照最適合了。」

嗯，這真是個好主意！

不久之後，每個人都找到正確的位置，排出房子的形狀，攝影師也可以幫大家拍照了。

所有的孩子都開心的笑著，並且揮著手，讓攝影師拍照；而小花組的這個孩子，因為想到一個這麼棒的點子，獲得可以幫其他孩子拍照的獎勵。

你的幼兒園也有分組嗎？有哪些組別呢？

想一想，怎麼樣才能拍出好看的照片呢？你們的幼兒園也有攝影師來拍照嗎？

不要惹西蒙！

　　海盜西蒙又頭下腳上的，被倒掛在船邊了。對西蒙來說，這種事常常發生，幸好今天的海浪不是很大，只是偶爾有幾滴浪花濺到他的臉上。

　　西蒙忍不住嘆了口氣。他是這艘海盜船的廚師，可是，他今天又把食物燒焦了，這對其他海盜來說，可一點都不好玩，而且，這已經是這個星期第四次燒焦了。

　　他們很快的就用繩子把西蒙的腳綁起來，將繩子的另一端綁在欄杆上，把西蒙倒掛在海面上。

　　西蒙無奈的搖了搖頭，心想：「為什麼我沒能當上水手，只是一名廚師呢？唉，再這樣下去也不是辦法！下次靠岸的時候，我一定要離開這艘船！」

但是，其實西蒙很喜歡大海，如果就這樣離開，那有多可惜啊！

西蒙閉上眼睛，感受海浪拍打在臉頰上癢癢的感覺，再把下巴上的小海星抹掉，兩手交叉放在胸前，看著夜空裡的星星。

就算他是被倒吊著，還是可以這樣欣賞。

突然，有個清脆的聲音說：「我最喜歡左邊那顆一閃一閃的星星！」

西蒙訝異的轉過頭，看到他旁邊有一個小女孩在游泳。

他對小女孩說：「欸，你在這兒做什麼？你是從船上掉下來的嗎？你得小心一點，我來幫你。」西蒙想伸手抓住小女孩的手，把她從水裡拉上來，但是小女孩卻躲開了。

她游到旁邊，笑著說：「你要幫我嗎？我覺得，你更需要我的幫忙呢！」小女孩從水裡伸出手，用手指頭輕彈了兩下，「啪」的一聲，西蒙腳上的繩子就解開了。

西蒙掉進海裡，害怕的用手拍打著水面，人叫著：「我不太會游泳啊！」

這時，西蒙發現水面下有個閃亮的魚尾巴，他眨了眨眼睛，又仔細的確認一次，然後驚訝的說：「啊，你是一隻美人魚！」小女孩笑了，潛入水中。

正當西蒙想呼叫其他海盜來救他的時候，有個東西抓住他的腳，把他抬到空中，推回船上的甲板。

西蒙轉頭一看，美人魚又跳回海裡了。

「謝謝你！」西蒙小聲的說。

美人魚笑了，她向西蒙揮揮手，接著便潛入海裡游走了。

西蒙站了起來，偷偷走到舵手後面，抓住他的肩膀。舵手嚇了一跳，往旁邊跳了一大步，看著西蒙，疑惑的問：「咦，西蒙，你是怎麼爬上來的？」

西蒙笑了笑，不懷好意的說：「因為我會魔法啊！嘿嘿，我馬上就在你的身上施展魔法。」他把雙手舉到空中，假裝要變魔法，舵手一看，就害怕的跑走了。

西蒙還是無法成為水手，仍舊繼續當著廚師，可是現在他想煮什麼，就煮什麼，而且縱使他常常把東西燒焦，卻再也沒有人敢處罰他了。

因為從這天開始，大家都很怕他施展可怕的魔法。

雖然西蒙再也沒有看見那隻美人魚，但是他每天晚上，都會向她最喜歡的那顆星星，獻上最誠摯的祝福。

你也可以在夜空中，找一顆最喜歡的星星喔！

湖裡有新的青蛙？

　　小妖精賽普的房子，就在一座小池塘旁邊。賽普最喜歡坐在門口，看青蛙在荷葉上比賽跳遠。

　　今天，有一隻新的青蛙加入了！他從一片荷葉跳到另一片荷葉上，嘴巴發出呱呱呱的聲音，而且——他有翅膀！

　　賽普大叫：「嘿，你到底是誰？」

　　這隻綠色的動物回答：「我叫法奇，呵！」說完，有一團火球從他的嘴裡噴出來！

　　賽普笑了出來，很肯定的說：「你不是青蛙。」

　　法奇也點點頭說：「沒錯，我是一隻龍！呵！」

　　喔喔，他的嘴巴又噴出火焰了！其他青蛙全都嚇得躲到荷葉下面了。

　　小龍指著天空說：「我每天都在我的星球上看著你們！我也好想跟你們一起跳來跳去，但是，你們卻這麼怕我。你也怕我嗎？呵！」他憂愁的看著賽普，嘴巴還是忍不住又吐了一口火焰。

　　賽普摸了摸小龍的頭，笑著說：「我不怕你。不過，你說話的時候，可不可以不要再發出『呵』的音了？因為你每次說『呵』的時候都會噴火。」

　　法奇拍了拍翅膀，高興的說：「好……。」然後很快的把嘴巴閉起來，他可不能再說「呵」了。

　　「太好了！」賽普稱讚他：「來，我們一起跳吧！」

　　其他青蛙也從水裡探出頭來，一起加入跳遠比賽的行列。

　　誰會贏呢？當然是小龍和他背上的賽普啊！因為龍可是有翅膀的呢！

　　請你大聲、用力的念這句話：「天龍大聲笑呵呵，嘴裡冒火熱騰騰。」

好親切的女海盜！

雷歐妮抓著皇冠，爬到大紙箱上面，把手插在腰上，命令她的朋友費莉達說：「好，你現在去拿一條繩子來。」

費莉達不滿的說：「不是你命令我去做，我就得做，而且，是我先找到這個紙箱的！這是我的船，應該是你去拿繩子吧！」

雷歐妮搖搖頭說：「可是，我才是那個比較厲害的女海盜，因為我有海盜皇冠。所以，我說了算！你快去拿點吃的東西來！」

費莉達生氣了，她說：「我偏不！我要住在這裡，這是我們兩個人的船，不是你一個人的！」雷歐妮也大叫：「我才不管！你快去廚房拿些吃的東西！」

然後，兩個女孩子生氣的瞪著對方，誰也不讓誰。

雷歐妮哼了一聲說：「你的樣子看起來，真的很像海盜！」

費莉達也忍不住笑了出來，說：「你才像被人拐走的髒兮兮公主。」

這時，費莉達的弟弟費尼把頭伸進房間，問她們：「哈囉，我可以跟你們一起玩嗎？」

費莉達和雷歐妮兩個人對看了一眼，說：「當然可以！」

但是費莉達卻不懷好心的笑著說：「你是船上的廚師，快去做點東西給我們吃！」

費尼生氣的盯著她說：「什麼？我才不聽你們的命令！」

雷歐妮對著費尼微笑，友善的說：「拜託啦，費尼！我好想吃點餅乾喔！」

費尼想了想，大聲的說：「遵命，船長！」於是快快跑了出去，張羅吃的。

雷歐妮對費莉達說：「你真的很會命令別人耶！」

「你是很會跟別人乞求。」費莉達說完，她們兩個又笑了起來。

當費尼回到房間的時候，她們都對費尼很親切，費尼甚至可以反過來命令她們兩個。

不過，只有一下下。

你找得到大紙箱嗎？你可以用它來做一艘船喔！

前面有燈塔！

　　卡爾船長從船艙探頭往外看，問了句：「小傢伙，你掌舵沒問題吧？」班尼點點頭，跟船長揮揮手示意。

　　船長又叮嚀了一句：「你不要忘記那座黑色的燈塔是在海盜島上喔！你必須轉個大圈，繞過它，知道嗎？」班尼又點點頭。

　　卡爾船長回到船艙，班尼卻偷偷的笑著。其實，他早就看到那座燈塔了，而且他正打算往那個方向開，因為他一直都很想當海盜。

　　當其他船員都在船艙裡慶祝時，沒有人發現班尼正把船開往海盜島。過了一會兒，班尼把船開進海盜島的小港口，並用繩索把船固定在岸邊。

　　卡爾船長察覺不對勁，大叫著從船艙裡跑出來：「我的老天爺啊！你瘋了嗎？這是海盜島耶！」班尼點點頭，從船上跳了下去，逃走了。

　　不過，不管班尼怎麼努力的找，卻找不到任何一個海盜。於是，他只好又回到船上。

　　卡爾船長和其他船員雖然都感到很害怕，但是看到班尼回來，仍然鬆了口氣。

　　班尼惋惜的說：「真可惜，我一個海盜也沒看到！」

　　卡爾船長總算放下心中的大石頭，他小心**翼翼**的說：「海盜現在一定是出海去了！我們得趕快離開這裡。」

　　班尼點點頭，並且拖了一個大箱子，大笑著說：「雖然我沒有找到海盜，可是我卻找到藏寶箱，裡面有很多金子和珠寶！」

　　相信在這種情況下，連卡爾船長都不會反對到海盜島這件事的。

　　畫一個海盜島的圖畫，再加上一座黑色的燈塔，你想把寶藏藏在哪裡呢？

牙痛，笑不出來！

小妖精費普斯和他的小船被沖到沙灘上，這實在是太慘了！因為他剛剛在海上遇到一場可怕的暴風雨，幸好他活下來了。

費普斯咒罵著：「我再也不要開船出海了！我想要變出翅膀！」

突然，他聽到青蛙的叫聲，而且這隻青蛙還發出一種特別的傻笑聲。

費普斯好奇的瞇著眼睛，發現沙灘上的草地裡有一隻飛龍。這隻飛龍抱怨著說：「不要再笑了，你這隻老青蛙！聽到你咯咯咯的笑聲，我的牙齒更痛了！你去游游泳，好嗎？」

接著，響起一陣吼叫聲，一隻褐色的青蛙從費普斯的面前，被狠狠的甩進大海裡。

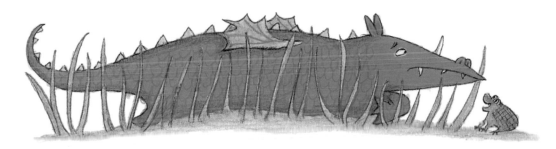

費普斯一點也不害怕，他笑著跳到飛龍旁邊說：「早安，我叫費普斯。你可以載我飛回家嗎？」

飛龍閉上眼睛，打著哈欠說：「不要，你走開！我牙痛，全身都痛，我飛不了！」

費普斯跳到石頭上說：「我可以幫你把牙齒變得很健康，讓你不再牙痛喔！」他從袋子裡抽出一枝小小的金色魔法棒，輕輕推開飛龍的嘴巴，嘰哩呱啦的施著咒語。

就在這個時候，青蛙又跑回來想嘲笑飛龍，沒想到飛龍卻高興的笑著說：「對不起喔，親愛的青蛙！」

青蛙覺得很奇怪，問他：「你心情變好了？」

飛龍興奮的大吼著說：「沒錯，我的牙齒不痛了！」

青蛙聽了，又發出他獨特的傻笑聲，然後和費普斯跳到飛龍的背上，一起飛越大海。

過了一會兒，費普斯就回到家了。

你呢？你也飛回家過嗎？是搭飛機，還是坐在飛龍的背上呢？

快女巫和慢飛龍

費仙是一個動作特別快的女巫。當她還是個小女孩的時候,她變魔法的速度,就比別的小女巫還要來得快。

這個星期二,她的奶奶阿曼達來看她。

「請進!」費仙說完後,馬上在房子裡忙著煮茶、變出好吃的蛋糕。

阿曼達笑著說:「你先停下來,看看我給你的禮物。」

費仙打開奶奶送給她的禮物盒,看到裡面有一顆紫色的蛋,她開心的說:「謝謝你,奶奶,這是個很棒的禮物!」費仙收下禮物後,又忙著讓阿曼達坐在沙發上,並且很快的變出方糖,放進茶杯裡。

阿曼達說:「費仙,你的動作實在太快了!再這樣下去,你的魔法腦袋會受不了的!我的禮物可以幫你把速度慢下來,如果沒用的話,你還可以把蛋給吃掉。」

費仙笑著說:「喔,奶奶,我才不要把蛋吃掉呢!」

這時,蛋突然搖晃了起來,費仙感到很驚奇。

接下來,蛋搖晃得愈來愈厲害,「喀啦」一聲,蛋殼裂開了,一隻小飛龍從蛋裡孵出來,坐在費仙前面。

剛出生的小龍一直打哈欠,還有小火花從牠的嘴巴裡冒出來。

阿曼達很溫柔的說:「這隻小飛龍喜歡安靜的生活,而且,牠是一隻勇敢的魔法龍,不只可以幫你加熱水壺裡的水,還能帶著你到處飛來飛去喔!」

費仙立刻就喜歡上這隻小龍寶寶!

每當費仙和小龍寶寶在一起的時候,只要她變魔法的動作太快,小龍就會害怕的縮到沙發底下,所以費仙必須學會安靜下來,動作也要慢慢的才行。

不過,只要小龍寶寶睡著了,費仙又會馬上恢復成原本的樣子,在房子裡很快的轉來轉去做事情。

對費仙來說,慢慢的做事情,魔法腦袋才會受不了呢!

你的動作也很快嗎?還是你喜歡慢條斯理的做事呢?

笑的人沒辦法打仗！

雷文、西蒙和他們的同伴，一起搭船出海去。

雷文認為，在海上如果不想被欺負，說話就要夠凶狠！

他大聲的喊：「你這隻臭老鼠！」

「嗯……藍天白雲？」西蒙也回了一句。

雷文很驚訝的看著西蒙，跟他解釋：「不是啦，你要罵粗話啦，這樣別人才會害怕！你看，要像這樣子講：『你這隻乾掉的比目魚！』」

西蒙好奇的看著他說：「好吧，我再試一次！嗯……你是漂亮的皇冠，你是可愛的兔子。」雷文忍不住笑了：「唉唷，像你這樣，別人是不會怕你的啦！」

突然，站在瞭望臺上的男孩大叫：「前面有海盜船！」

不久，海盜船就停靠在他們的船旁邊，每個海盜看起來都很可怕。

西蒙、雷文和他們的同伴為了想讓海盜們害怕，便開始說一些粗話：「你們這些毒蝦子，你們這些醜八怪鯖魚！」

那些海盜也吼著說：「你們這些水裡的小怪人，你們這些運河裡的小老鼠！」

西蒙也很努力的想，然後說：「你們這些聽話的小綿羊，你們這些軟綿綿的小雞。」

海盜們聽了都覺得非常不可思議，一句話也說不出來。

「你們這些圓滾滾的瓢蟲！」西蒙繼續吼。

海盜船長開始大笑，他笑到得抱著肚子，最後，甚至笑到掉進了海裡！其他的海盜也笑得停不下來。

雷文看到這種情況，要求西蒙：「繼續說！」

於是，西蒙說著他想出來的話，結果海盜笑得越來越大聲，他們必須趕快把船開走，因為笑的人是沒辦法打仗的。

而西蒙呢？這天晚上，他得到一個很大的漢堡，而且，其他人也不准他再學罵人的粗話了！

你想罵人的時候，也會想到像西蒙說的這麼有趣的話嗎？你可以好好想一想，有三次機會喔！

兔子一點都不笨！

小妖精敏澈長得非常非常嬌小，就連住在隔壁田裡的老兔子，都比他大多了。

這可讓敏澈非常生氣，所以他常常會故意說：「兔子很笨，他們就是很笨！我們小妖精比兔子聰明多了！」

老兔子就算聽到了，也只是輕輕的笑了笑。

老兔子還喜歡看小妖精們玩捉迷藏，所以他也會知道所有小妖精躲藏的地方。

一天傍晚，老兔子經過田間，看到小妖精們又在玩捉迷藏了。這次敏澈的速度最快，他一溜煙就躲到香菇叢的小塔裡面。

老兔子看到後，笑著想：「嗯，這真是個躲藏的好地方！」

果然，敏澈是最後一個被找到的小妖精。

接著，小妖精們又繼續玩捉迷藏的遊戲。可是這次有個小妖精女孩，一直到天黑了，都還沒有被找到，這讓所有小妖精感到非常擔心！

敏澈跑去找老兔子，對他說：「拜託，請你幫幫我們！你一定知道那個小妖精女孩躲在哪裡！」

老兔子仔細回想，他之前好像有看到一個小妖精女孩，爬到田旁邊的箱子裡躲藏。小妖精們連忙跑到老兔子說的箱子那裡，果然沒錯，她真的躲在箱子裡！因為箱子後來被關起來，她就出不來了。

敏澈慚愧的低著頭，對老兔子說：「對不起！你根本就不笨！連一點點笨都沒有！你明天要不要跟我們一起玩捉迷藏呢？」

老兔子高興的說：「要，當然要玩！」

或許，老兔子長得太大，不容易躲起來，但是當鬼找人，他一定是最厲害的！

你最喜歡躲在哪裡呢？現在就馬上躲起來，讓念故事給你聽的人來找你吧！

河上救難小英雄

你是不是覺得，小妖精都是戴著紅色的帽子呢？

那你就錯了！其實，小妖精也喜歡戴黃色的帽子，或是橡木做成的小帽子，還有一些小妖精，則是拿瓶蓋當帽子呢！就是那種小小扁扁、周圍有稜角的瓶蓋，那看起來就像是一頂倒過來的皇冠。

小妖精豪希就是這麼一個瓶蓋小妖精。

這天，他跳到一片葉子上，手裡拿著小木棍當船槳，在小河裡划船。當他划回村子裡的時候，就抓緊河邊的樹枝跳上岸，讓他的小船繼續跟著河水流走。

豪希高興的大聲說：「早安！」不過，其他小妖精卻沒有回應他，而且看起來都很緊張。

有個小妖精對他說：「你看，豪希，那裡有一隻兔子掉進水裡去了！」

豪希看到一隻在水裡不停發抖的兔子，用腳緊抓著岸邊，他著急的喊：「我們一定要救他！」

小妖精們合力拖來一根很粗的樹枝，橫跨在河的兩邊；這時，兔子的腳再也沒力氣抓住岸邊，於是整隻滑入河裡，還好他也馬上就抓緊這枝樹枝。

因為小妖精的幫忙，兔子終於可以回到陸地上，他喘著氣說：「非常謝謝你們！」

小妖精們也禮貌的說：「我們很樂意這麼做！」

當他們分開的時候，小妖精們還用力的拍拍兔子，幫他加油打氣，並且送給他一頂瓶蓋帽子！

把蒐集到的瓶蓋放在杯子裡，加上蓋子，然後搖一搖，就可以做出很棒的沙鈴喔！

暑假小餅乾真好吃！

無論如何，尤拉就是想在暑假的時候烤小餅乾！

「拜託！拜託！」她不停的乞求著，終於，爸爸答應了。

就是嘛！有什麼不可以的呢？聖誕小餅乾在夏天時吃起來，和冬天時一樣好吃啊！

首先，尤拉和爸爸把麵糰揉好，這樣就可以開始做餅乾嘍！

接著，尤拉在放餅乾模型的櫃子裡翻來翻去，失望的說：「除了皇冠和兔子，其他都是星星、聖誕老人和聖誕樹這些聖誕節才用得到的模型。這實在是很討厭耶！」

爸爸聳了聳肩說：「因為我們大部分都是在聖誕節的時候，才會烤小餅乾啊！」

不過，爸爸有個好辦法，他提議：「我們可以用刀子切出喜歡的樣子啊！你想想，什麼形狀適合夏天呢？」尤拉高興的歡呼：「耶！我們來做暑假餅乾！有螃蟹、魚、冰淇淋，嗯……那兔子可以嗎？」爸爸笑著說：「可以是一隻小海兔！」

哇！這真是太棒了！

他們揉著麵糰，再用刀子切出形狀，然後送進烤箱，最後加上點綴，暑假餅乾就完成了。

最後，還剩下一條形狀很奇怪的長條小餅乾，爸爸問：「這個可以做成什麼東西呢？」

尤拉說：「一隻美人魚！」於是，爸爸用糖霜畫出美人魚的眼睛、頭髮和尾巴，尤拉則幫她加上一頂皇冠。然後，他們把所有的餅乾放在藍色的桌巾上，當作大海。

媽媽很驚訝的說：「是誰有這麼棒的點子？是暑假小餅乾耶！」

他們一起開心的吃著餅乾，除了那隻美人魚。因為她長得太漂亮，大家都捨不得吃掉她！

暑假小餅乾真好吃！你也可以跟爸爸、媽媽提議，一起在夏天烤小餅乾喔！

天空中的冰淇淋

羅福叔叔和丹尼爾，搭了一座速度非常快的電梯，來到電視塔頂端的餐廳。

丹尼爾把鼻子貼在窗戶的玻璃上，「呼」的吐了一口氣，玻璃上便出現了霧氣，接著，他在上面畫了一顆星星。羅福叔叔笑著問：「你很喜歡待在電視塔上，是嗎？」丹尼爾點點頭說：「嗯，這裡好高喔！下面的車子看起來都變得好小，人也是！」現在，他們要在這裡用餐了。羅福叔叔點了義大利麵，丹尼爾則是點了小木偶冰淇淋。「嗯，好好吃喔！」丹尼爾滿足的說。他一邊吃，一邊看著窗外的風景：「你看，是迷你巴士！還有那裡，有一輛迷你摩托車！」

然後，丹尼爾講了一個很少見的東西：「一隻龍！」

叔叔轉頭看，問：「什麼？一隻龍？在哪裡？」

丹尼爾說得沒錯，真的有一隻龍飛過去，就在電視塔的正上方。

丹尼爾疑惑的問：「叔叔，這是真的龍嗎？」

羅福叔叔解釋說：「那隻龍當然是畫上去的嘍！其實，那是一艘飛艇，裡面裝了比空氣還輕的氣體，所以才能飛得起來。」

丹尼爾點點頭說：「太酷了！你覺得我們小孩子也可以坐在飛艇裡面嗎？」

羅福叔叔說：「我不知道耶！不過，我們可以用氣球做一艘飛艇，你要嗎？」「要！」丹尼爾興奮的說。叔叔還答應丹尼爾，要告訴他所有和飛艇有關的事。

哇！飛艇實在是太厲害了！

吹一個長形的氣球，在上面畫圖，然後在氣球上綁一個小籃子，就可以把這艘飛艇掛在你的房間嘍！

特別的星星

從前從前，有一個名叫約拿的海盜，他和一個小妖精住在孤島上的高塔裡，這個小妖精總是坐在他上衣的口袋裡，所以約拿並不會覺得孤單。

雖然約拿擁有一艘很豪華的大船，不過，距離上次大船在海上航行的日子，已經很久很久了。說不定，這艘船現在已經不能開了……。

小妖精每天都問約拿這個問題：「我們什麼時候會再回到海上呢？」

而約拿也總是這麼回答：「等天空出現一顆特別的星星，我們就出海航行。我說話算話。」不過，約拿心裡卻偷偷希望這天永遠不要來到，因為天空裡的每顆星星，都應該要有自己固定的位置，不是嗎？

有一天，小妖精在約拿的口袋裡跳上跳下，興奮的說：「你看，約拿！你看，上面！」他們一起望著黑漆漆的夜空，會看到什麼呢？

原來，天空出現一顆明亮的星星，它的後面還拖著長長的尾巴！

這是一顆彗星，它會在空中停留好幾天！

「糟糕！」約拿自言自語的說。現在說什麼都沒用了，明天一定得出海！大丈夫說話算話。於是，海盜約拿和他的小妖精，天一亮就開船出海了。儘管他們在海上才待了一陣子，卻都覺得海上的生活實在太有趣了。

他們一起坐船環遊世界，最後再回到孤島上。

直到今天，約拿和小妖精仍然在島上等待，等待下一次天空出現特別的星星，然後再出海航行去！

你知道彗星長什麼樣子嗎？把它畫下來吧！

幽靈公主

莉拉公主跟著國王一起搭船出海，當她站在甲板上看海鷗時，國王的船卻被海盜攻擊了。

「嘿唷！」勇敢的莉拉大喊。

但是，國王不許她這麼做，並且對她說：「你到下面的船艙去，不要出來，這裡對你這個小女孩來說，實在太危險了！」

莉拉雖然順從的點點頭，不過，她真的很想看一場真正的海盜大戰！所以，她趁大家不注意時，爬進放在甲板上的一個箱子裡，再把蓋子蓋上。箱子的側邊有洞，她可以從那裡偷看。

雖然國王的手下勇敢奮戰，可是海盜的人數實在太多了，根本打不過他們。

莉拉眼看著一個海盜，就要把她的爸爸丟到海裡去……天哪，這實在是夠了！於是，莉拉從箱子裡跳出來，用盡所有的力氣，拉長了音大叫：「呀！」

海盜們轉頭一看，只看到一個臉像紙一樣白的小女孩，正要從箱子裡爬出來！

所有海盜都嚇傻了！他們摀住耳朵，趕緊跳回自己的船上，急急忙忙的將海盜船開走了。

這時，莉拉才停止尖叫。船上的人都張大眼睛，無法置信的看著她。

莉拉問：「怎麼了嗎？海盜逃走是因為──我叫得很大聲嗎？」

國王笑著說：「沒錯！但是最主要的原因是──你看起來像個幽靈！」

莉拉低下頭看著自己，發現她漂亮的公主蓬蓬裙，竟然整件都變成白色了！那是因為她躲進去的那個箱子裡裝了麵粉，才讓莉拉從頭到腳，都白得不得了。

莉拉笑著說：「我真的是一個幽靈公主！」

你也可以打扮成幽靈喔！你只需要跟媽媽要一張白色的床單，然後，就可以套在頭上，到處去嚇人嘍！

嗚──嗚──

厲害的傢伙利努斯

小海盜利努斯得到一張藏寶圖，其他海盜靠著這張圖，在島上找到一個裝滿寶物的藏寶箱。

這讓利努斯覺得很神氣！

海盜們先把藏寶箱放在小船上，再把小船開到停在海上的海盜船旁，利努斯會在藏寶箱上綁一條繩子，他要用這條繩子，把很重的藏寶箱拉到船上，所以，他得把繩子綁緊才行。

喔喔！糟了，繩子鬆開了！藏寶箱也掉到大海裡了！

船長氣到脹紅著臉，不停咒罵利努斯：「喔，笨海鷗，臭水母！你這個無可救藥的笨蛋！」

這時，利努斯抓了繩子，轉身就跳進海裡，其他海盜都非常吃驚，他們認為這裡的海很深，根本不可能潛水。不過，這些海盜們錯了！那是因為海裡長了很多海草，他們看不清楚海底的情況，才會以為海水很深。

利努斯發現藏寶箱了！它就躺在海裡的沙洲上！

這次，利努斯要打一個真正的水手繩結，一定要把繩結好好打緊！

他把頭探出水面大喊：「好了，現在可以往上拉了！」

但是船長卻氣得大吼：「你給我走！否則，我會把你綁在船桅上，整整綁三天！」

利努斯說：「你們先拉一下繩子吧！」

於是，海盜們只好用力拉繩子。沒想到，繩子上真的綁了一個溼答答的藏寶箱！船長驚訝的問：「你真的潛去海底找藏寶箱嗎？你真是個厲害的傢伙！」

說得沒錯，利努斯雖然只是一個小男孩，但他真的是一個很棒的海盜呢！

你也會打繩結嗎？好好練習，或許有一天你需要在藏寶箱上，打一個很緊的繩結喔！

特別的小妖精蛋糕

　　當有小妖精過生日的時候，整個妖精村的人都會一起慶祝，除了有一座用糖果、零食堆成的高塔，還會升起很大的營火，讓小妖精們拿著插在長長木棍上的麵包，在營火上面烘烤，而壽星則會得到一頂皇冠，以及上面寫著壽星名字的生日蛋糕。

　　不過，彼得卻希望他能得到一艘海盜船形狀的生日蛋糕。

　　「一艘船？」他的爸爸、媽媽知道了以後，忍不住驚訝的尖叫。

　　他們考慮了幾天之後，對彼得說：「也許，我們可以在蛋糕上畫一艘船。」

　　但是彼得依然很堅持的說：「不行，我要真的船形蛋糕。」

　　彼得生日的前一天，媽媽烤了一條長形的蛋糕說：「這是要送給格尼叔叔的，而且，還要加雙份的巧克力。」

　　彼得大喊：「媽媽，我要的就是這種蛋糕啦！」

　　在爸爸、媽媽還搞不清楚狀況的時候，彼得已經開始動手裝飾蛋糕了！

　　他在蛋糕的側面插上小棒棒糖，說：「這是船漿。」；再把紙裁成兩張三角形的船帆，貼在小棍子上。

　　爸爸、媽媽也一起來幫忙。媽媽用厚紙板做了一個船舵，爸爸把照片上的彼得剪下來，然後固定在船舵前面，變成一個小舵手。

　　彼得高興的大叫：「這是超棒的小妖精蛋糕！」

　　爸爸問他：「那格尼叔叔的蛋糕怎麼辦？」

　　彼得笑著說：「他可以得到我的木棍麵包！」

　　你有烤過海盜船蛋糕，或是其他形狀的蛋糕嗎？說說看，你有什麼好點子嗎？

湖裡的綠色朋友

從前從前，有個叫做蘇菲的小女孩，她和爸爸、媽媽住在一座碧綠色湖泊旁的屋子裡。

小女孩很喜歡這座湖，也很喜歡住在湖裡的動物，她每天都會在湖裡划著小船，讓小船跟著波浪搖啊搖。

有一天，蘇菲的爸爸、媽媽要她到湖裡釣一些魚，好拿來當晚餐。

可是，蘇菲才不想釣魚呢！因為湖裡的魚，都是她的好朋友啊！

她難過的坐在船上，看著倒映在湖面上自己的臉，那看起來實在太傷心了。

突然，倒映在湖面上的臉，鼻子變成黑色的，接著，整張臉都變成綠色的了！蘇菲看見從湖裡探出一張陌生的臉！

她嚇得結結巴巴的說：「你到底是誰啊？」

這隻綠色的動物好像不怎麼會說話，他試著告訴蘇菲：「我是住在這座湖裡的水龍啊！你為什麼看起來這麼難過呢？」

蘇菲告訴水龍她的煩惱後，水龍笑著說：「我可以送給你一個驚喜！」然後，便潛到水裡去了。

過了一會兒，水龍回來了。他張開嘴巴，裡面有五顆很可愛的蛋。

蘇菲從龍嘴裡拿出後，驚訝的問：「這是龍的蛋嗎？」

水龍點點頭說：「這應該夠你們吃了。你嘗嘗看味道，明天再來告訴我好不好吃，好嗎？」

蘇菲很高興的說：「好，謝謝你！我明天一定告訴你！」

蘇菲在這天認識了新朋友水龍，還得到可愛的龍蛋，最重要的是，她不必帶著魚回家了。

你們家的晚餐也有煎水龍荷包蛋嗎？只要在煎蛋上面撒些綠色的調味料，就可以嘍！

輸了也很好玩！

　　莫里斯趴在草地上，一個人玩著他新得到的遊戲盒。

　　他丟了骰子，是兩點，於是他的紅色小兔就可以再跳兩格。

　　「太好了！」莫里斯高興的說。這樣兔子就剛好停在胡蘿蔔上，也就表示他可以得到一顆星星。他的弟弟法比安問：「我可以跟你一起玩嗎？」莫里斯搖搖頭說：「不行！你每次輸了，就會亂丟東西！」法比安聽了，便難過的踱著步，離開了。

　　當莫里斯繼續丟著骰子玩遊戲時，突然感到小腿上一陣冰涼，他大叫：「啊！好冰喔！怎麼會有水呀？」

　　莫里斯轉頭一看，法比安正拿著澆花器，幫莫里斯「澆腿」！

　　法比安調皮的笑著說：「哈哈，你可憐的兔子現在已經沉到海裡嘍！」

　　「你這個壞蛋！」莫里斯生氣的大吼，然後在花園裡追著法比安。過了一會兒，莫里斯就追到法比安，並且一屁股坐在他的背上。

　　莫里斯威脅著說：「我要這樣坐在你身上，一直坐到天黑為止。」

　　法比安挑著眉說：「這樣你也沒辦法玩兔子遊戲嘍！」

　　法比安說得對！莫里斯站了起來，氣憤的說：「可是，你用冷水澆我的腿，真的很過分耶！」

　　法比安賊賊的說：「不過，這樣也很好玩，不是嗎？」

　　莫里斯也忍不住笑了出來，他有個好主意：「我答應和你一起玩兔子遊戲。規則是輸的人可以用冷水，澆在贏的人腿上。這樣就算輸了，也會覺得很好玩！」

　　法比安聽了很興奮！他們在草地上一起玩兔子遊戲，而且因為澆冷水實在太好玩了，所以，現在每個人都想輸了！

　　你是不是也不喜歡輸呢？如果你輸了，會很生氣嗎？你會做什麼事情呢？

全世界最好的龍爸爸

小妖精包柏對他的朋友盧那說：「你知道嗎？如果有龍寶寶誕生，天空就會有顆星星掉到海裡！」

盧那嗤之以鼻的說：「那是騙人的啦！」

雖然盧那不願意相信，但是包柏還是時不時的看著窗外，望向遠方的天空。

盧那說：「包柏，我馬上就要回家了，我們趕快玩吧！不要管什麼星星了！」

沒想到包柏突然大叫著說：「你看，那裡有一顆彗星！」

那顆彗星拖著長長亮亮的尾巴，劃過了夜空，沉到海裡了。

包柏興奮的說：「那顆彗星就在海灘旁邊，我們快過去看看！」

於是，包柏帶著手電筒，和盧那一起跑向海灘。

盧那邊跑邊說：「我不相信我們會找到龍寶寶。不過如果有的話，你覺得那隻龍會多大？」盧那的聲音聽起來有點在發抖，因為在黑漆漆的海灘上找尋龍寶寶，實在有點恐怖。

包柏指著前方說：「那裡有東西！」他們仔細一看，原來是一顆蛋！

包柏把蛋高高舉起，發現這顆蛋已經有點小裂縫了。等到他們跑回家，把蛋放在廚房的地板上時，蛋剛好裂開來，一隻很小、很可愛的龍寶寶，「咕咚」一聲滾到磁磚上。「媽媽！媽媽！」龍寶寶一邊叫著媽媽，一邊跑到包柏那兒，盧那看了，笑得連帽子都掉到地上了。

這時，包柏的爸爸也走進廚房，他對包柏說：「現在，你有重要的工作要做了。你要好好照顧牠，妖精龍是非常棒的寵物喔！」

包柏聽了點點頭，心裡想：「我一定會當一個全世界最好的龍爸爸！」

你也想照顧龍寶寶嗎？想想看，需要準備什麼東西呢？

兔子到底在哪裡？

　　史梵雅和爸爸、媽媽要去農場度假。一到那裡，她便迫不急待的從車子跳下來，指著前方的房子問：「這是我們今天晚上要住的地方嗎？」然後很快的跑過去，還一邊喊著：「你們趕快來呀！」

　　等到他們把行李放好之後，就一起走到農場去。

　　一到農場，史梵雅就急著問農場女主人：「那些兔子呢？」

　　農場女主人告訴她：「我們只有一隻兔子喔！而且牠是一隻小野兔，個性有點害羞，是從別的地方跑來的。牠大部分的時間都會躲起來。」

　　史梵雅笑了，她覺得這一定會很好玩。

　　不過，不管史梵雅怎麼找，就是找不到這隻兔子。

　　晚上的時候，史梵雅難過的對媽媽說：「小兔子為什麼不來呢？我會對牠很好的……。」

　　史梵雅一直嘆氣，媽媽親了她一下，把燈關上，安慰她說：「明天你一定可以找到牠的。」

　　當史梵雅準備睡覺時，發現有燈光從門縫裡透進來，她從門縫往外看，發現走廊的桌子底下，不知道什麼時候放了一個小籃子。

　　史梵雅立刻跳下床，躡手躡腳的走到走廊上，一顆心也撲通撲通跳個不停。她看到籃子是打開的，裡面竟然有一隻長耳兔。

　　這時，兔子的眼睛突然張開，看了史梵雅一眼，又閉上了。

　　史梵雅小聲的說：「原來你躲在這裡啊！真是厲害呢！好好睡吧！我們明天再一起玩。」

　　史梵雅爬回自己的床，心想，這隻兔子可能已經知道，她是一個非常喜歡小動物的女孩，一定不會再躲著她了。

　　想著想著，史梵雅就幸福的進入夢鄉了。

　　你是否曾經在哪裡發現過躲起來的動物呢？

有時候也要當一下海盜

米卡有五個哥哥，可是他們都覺得米卡只是個什麼都不會的小弟弟，從來不讓米卡和他們一起玩。

這讓米卡很生氣。

有一天，米卡站在窗前，看見哥哥們正在旁邊的空地上踢足球。他們踢沒多久，就開始下雨了。

這些大男孩跑到空地旁的一輛鐵皮車裡，待在車裡繼續玩。

可是，哥哥們還是不准米卡跟他們一起玩。

於是，米卡偷偷的把哥哥脫下來、放在車子前面的溼鞋子，全部拿走，藏在走廊上的箱子裡。

然後，他又若無其事的回到窗戶旁。

過了一會兒，雨停了，太陽也出來了，空地也因為下了一場大雨，所以變成爛泥巴地。

在爛泥巴裡，最適合踢足球了！

當哥哥把車門打開，準備穿鞋時，發現他們的鞋子全都不見了！

他們看到站在窗戶邊的米卡，知道這一切都是他做的，於是氣得爆跳如雷，對米卡大喊：「你這個偷鞋的傢伙！你是個海盜！沒有鞋子，我們是要怎麼出去呢？」

大哥也懊惱的說：「我才不要穿著襪子在爛泥巴上走呢！」

可是，他們想不出其他的辦法。

為了能拿回鞋子，他們答應米卡，從現在開始，他可以和他們一起踢足球，也可以一起到鐵皮車裡玩。

嘿嘿，雖然米卡是排行最小的孩子，可是有時候，他比哥哥們都聰明喔！

你有兄弟姊妹嗎？你們會常常吵架嗎？

漢克救了船上小妖精

我們都知道，所有的海盜都怕一樣東西，那就是船上小妖精。這種妖精會在船上走來走去，他們總是會帶來災難。

有一天，小妖精卡勒出現在船舷的欄杆上，海盜漢克剛好就站在旁邊，他驚訝的大叫：「我的天啊！」卡勒威脅他：「你現在馬上烤馬鈴薯給我吃，否則我就會替這艘船帶來災難！」但是，漢克是一位老海盜，他已經老得不怕任何東西，當然也不怕這個小妖精。

漢克彎下腰，看著卡勒，還戳了戳卡勒的肚子，想要確定他是不是真的是船上小妖精，結果一個不小心戳得太用力，卡勒就掉到海裡了。

卡勒尖叫著大喊：「救命啊！我不會游泳！」於是，漢克趕緊抓起一條繩子，然後跳進海裡，游到卡勒旁邊，把他從水裡撈起來，讓他坐在頭上，再拉著繩索爬回船上。

卡勒全身無力的躺在甲板上，漢克看著他說：「這就是你威脅一個老海盜的結果！」卡勒後悔的說：「其實，我已經很久沒有帶來災難了。」

漢克回答：「嗯，我知道了！你先休息一下，如果你還是想嚇唬我，等休息夠了再說吧！」卡勒聽了，眼睛都亮了起來，他興奮的說：「真的嗎？」然後，吃了一頓漢克為他做的烤馬鈴薯，吃到他的肚子就像一顆球，圓滾滾的。

吃飽之後，卡勒跑到漢克的手掌上，他想睡覺了。他小聲的對漢克說：「我想留在這裡，你就是我最想找到的海盜。」漢克也高興的笑了。因為一直以來，他心裡總是覺得很孤單呢！現在可好了，有一個船上小妖精肯陪著他了呢！

你覺得這種船上小妖精長得什麼模樣呢？
你可以把他畫下來，然後拿來嚇別人喔！

星期二是遊戲天

　　路易和媽媽一起去養老院看奶奶，可是他覺得很無聊，因為奶奶正在睡覺，而媽媽正和老人院的護士說話，他得在閱覽室裡待著。

　　路易隨手翻了翻報紙，注意到有位老先生坐在雙人沙發上抽菸，他的腿上放了一個香菸盒；路易仔細看了看，菸盒上有個皇冠的圖案。

　　「我認為這裡不可以抽菸。」路易說。

　　老先生看著路易，勉為其難的說：「好啦！好啦！」雖然嘴上這麼說，可是老先生還是繼續抽著菸。

　　「抽菸會對身體不好喔！」路易又說。

　　「好啦！」老先生說。

　　路易心裡想：「難道他還打算繼續抽菸嗎？」

　　「我不喜歡你在這裡抽菸。」路易說話的聲音變大了。

　　老先生笑著說：「好好好，我知道了。那麼你喜歡什麼呢？」

　　這位老先生叫漢斯，他把香菸熄掉後，問路易：「你會下西洋棋嗎？」路易搖搖頭。

　　漢斯說：「我教你！」路易很用心，過了一會兒，他就知道該怎麼玩了，而且開始覺得下棋很有趣。

　　不久之後，媽媽回來了。

　　媽媽說：「西洋棋？這可不是屬於小孩子的遊戲！」

　　老先生笑了，笑到連他的鬍子都晃來晃去。他跟媽媽說：「不，這當然是小孩玩的遊戲。」

　　老先生看著路易問：「你會再來嗎？」路易點點頭說：「我每個星期二都會來。」

　　老先生摸了摸鬍子說：「嗯，好極了！」

　　下個星期二，路易跟著媽媽又來到了養老院。他看完奶奶之後，便迫不及待的跑去閱覽室，果然，老先生已經坐在那兒了。

　　老先生一看見路易，馬上把香菸熄掉，對他說：「我們今天要玩什麼呢？」

　　路易笑著說：「西洋棋啊，我還想再練習。不過，在這之前，我想先給你看看這個東西。漢斯，你看，這是我的生日禮物，是一個跟龍有關的遊戲喔！」

路易把遊戲排好後，拿給老先生一枝數位筆，然後說：「你用這枝筆去點書上的龍圖案，牠就會說話。這是最新的遊戲，我想，你在養老院裡應該沒看過吧！」路易小心的看著漢斯，不知道在老人面前這麼說好不好。

　　沒想到漢斯笑了，他說：「孩子，你說得沒錯，在我們這兒，的確不常看到這些新奇的東西。來，給我看一看，我喜歡跟科技有關的東西。」

　　他們一起玩了很久，直到路易的媽媽來了。媽媽皺著眉頭說：「喔！路易，這不是給老先生玩的遊戲啦！」

　　路易和漢斯一起看著媽媽，然後，兩個人都大笑了起來。

　　「不，它是！」路易笑著說，漢斯也跟著點點頭。

　　媽媽驚訝的看著他們，於是漢斯問她：「你要不要跟我們一起玩啊？」路易很興奮的替媽媽點點頭。接著，漢斯空出位子，讓路易的媽媽也可以坐在沙發上。

　　「你會下西洋棋嗎？」漢斯問路易的媽媽。媽媽笑著回答：「我一定比你還厲害！」

　　從此之後，他們每個星期二，都在閱覽室裡玩遊戲。

　　過了不久，奶奶也加入遊戲了。羅德、瑪麗亞、約瑟、亞弗得，還有很多其他的老人，都加入遊戲的行列，甚至連護士也一起參加了。

　　現在，星期二變成了遊戲天，而且，路易再也不會覺得無聊了。

　　你也會下西洋棋嗎？你最喜歡玩的遊戲是什麼呢？

作者｜ **桑德拉·格林**（Sandra Grimm）

　　居住在一個小村莊裡，這個村莊以前是高山沼澤地，有可能住著小妖怪、龍，還藏著許多的寶藏。她的三個兒子說，他們的媽媽絕對是個居家小妖怪，專門偷小東西，然後藏在牆壁裡。她沒有忙著找東西的時候，就為他的兒子、先生和其他小讀者及大讀者構思有趣緊張的冒險故事。桑德拉格林寫過好幾本繪本故事。這本書是她為幼兒園孩子寫的第一本讀本。

繪者｜ **安娜·馬莎**（Anna Marshall）

　　1980 年出生在德國 Bielefeld，在 Münster 專科大學攻讀設計，碩士專攻插圖，《烤箱後面的小狗》（Der Hund hinterm Ofen）是她的碩士畢業作品。她參與許多德國出版社的兒童繪本（www.annamarshall.de），插圖充滿想像力，結合了不同的繪畫技巧及拼貼圖的概念，非常受到孩子和大人的喜愛。

譯者｜ **林珍良**

　　政治大學新聞研究所新聞學碩士，曾為報社記者，現任德國慕尼黑國際學校（MIS）中文教師，翻譯著作：《晚安故事摩天輪 1：108 個晚安故事》、《歐洲咖啡屋》、《SWATCH 先生：鐘錶大王海耶克的創意與成功》等。

國家圖書館出版品預行編目 (CIP) 資料

晚安故事摩天輪. 2, 108 個夢想故事 / 桑德拉格林
文；安娜馬莎繪；林珍良譯. -- 二版. -- 臺北市：親
子天下股份有限公司, 2022.09
　　124　面；25.5 × 19　　公分
　譯自：Bitte noch eine! Neue Wunschgeschichten
　ISBN 978-626-305-285-7(精裝)

　1.SHTB: 圖畫故事書 --3-6 歲幼兒讀物
875.596　　　　　　　　　　　　111011276

晚安故事摩天輪 2
108 個夢想故事

作者｜桑德‧拉格林（Sandra Grimm）
繪者｜安娜‧馬莎（Anna Marshall）
譯者｜林珍良
責任編輯｜謝宗穎、蔡珮瑤
文字校對｜陳韻如

美術設計｜侯貞如
行銷企劃｜葉怡伶

天下雜誌創辦人｜殷允芃
董事長兼執行長｜何琦瑜

兒童產品事業群
副總經理｜林彥傑
總編輯｜林欣靜
主編｜陳毓書
版權主任｜何晨瑋、黃微真

出版者｜親子天下股份有限公司
地址｜臺北市 104 建國北路一段 96 號 4 樓
電話｜（02）2509-2800　傳真｜（02）2509-2462
網址｜www.parenting.com.tw
讀者服務專線｜（02）2662-0332　週一～週五：09:00-17:30
傳真｜（02）2662-6048
客服信箱｜parenting@cw.com.tw
法律顧問｜台英國際商務法律事務所‧羅明通律師
製版印刷｜中原造像股份有限公司
總經銷｜大和圖書有限公司 電話：（02）8990-2588

出版日期｜2015 年 7 月第一版第一次印行
　　　　　2022 年 9 月第二版第一次印行
定價｜599 元
書號｜BKKTA041P
ISBN｜978-626-305-285-7（精裝）

訂購服務 ─────────────────
親子天下 Shopping｜shopping.parenting.com.tw
海外‧大量訂購｜parenting@cw.com.tw
書香花園｜臺北市建國北路二段 6 巷 11 號　電話（02）2506-1635
劃撥帳號｜50331356　親子天下股份有限公司

立即購買 >

同系列作品

《晚安故事摩天輪 1：108 個晚安故事》